JN093434

宝島社

バイオハッカーQの追跡　目次

装幀　鈴木大輔（ソウルデザイン）

バイオハッカーQの追跡

第一章　幸運、災難、そして消えたＣＥＯ

毎日飽きもせず、そして情け容赦なく「翌日」がやってくる。

窓を開けカーテンを引くと、外は快晴で、すでに猛暑の予感があった。この前日に、天気のやつは関東各地で最高気温の観測記録を叩き出していた。クーラーの冷気が無駄になるので、すぐに窓を閉めた。倹約は大切である。

キッチンへ行き、コーヒーミルを使って豆を挽いた。コーヒーミルは電池式だが強力なパワーを持っていて、たいへん重宝している。挽いた豆をパーコレータにセットし、スイッチを入れた。パーコレータは四万円もする高級機だったが、ほかの機械とは淹れている際に漂う香気がまるで違う。それだけやってから、Ｔシャツにトランクスという格好のまま洗面所に向かった。

歯を磨きながら生ぬるい水道水でシャワーを浴び、寝室に戻って着替えをすませた。

どこに出掛ける用事があるでもないが、フリーランスは朝着替えて身なりを整えないと、一日じゅうだらけた寝間着姿でいることになる、とだれかから聞いたことがある。まったくその通りだ。

前回外出したのは、いったいいつのことだったろうか。

たぶん知財弁護士に契約書を発送するため郵便局に出掛けた、あのときが最後だ。とすると、あれからかれこれ三か月以上が経過している。コロナ禍の只中とはいえ、ものぐさが過ぎると反省した。

とはいえ――

食料品やトイレタリーなどの生活必需品は、まとめ買いすればネットスーパーが自宅まで届けてくれる。書籍や家電などは、通販サイトで購入すれば玄関口まで届けてもらえる。三度の食事だって、ランチデリバリーのようなサービスがある。

私のような引きこもりのバイオハッカーには、まさに天国のような時代だ。

バイオハッカーというのは、「フリーランスの分子生物学者」を指すジャーゴンである。たいていは自分のミニラボを構えて活動している。

分子生物学者という職業は、近頃とかく評判が宜(よろ)しくない。

中国でゲノム編集を使ったデザイナーベビーが現実のものになってからこっち、世間からは、陰に回って神をも恐れぬ悪事を働く手合いだと思われている。

しかし、言わせてもらえば、最近開発されたコロナウイルスに対するワクチンのうちのいくつかは、「メッセンジャーＲＮＡ型」と言って、分子生物学の知見を用いて作成された、画期的なワクチンである。

分子生物学者は悪者ばかりではないのだ。

そうした研究を行う分子生物学者という人々は、たいていは企業や大学などの大組織に属している。確かにそこには潤沢な研究予算があり、豪勢なラボがあり、共創する仲間もいる。

だが、そこにはひとつだけ欠けているものがある。

それは、自由だ。

研究の自由を求めて、大学や製薬メーカーなどの大組織をスピンアウトし、自分のミニラボでやりたい研究や実験を行う、そうした一種ボヘミアン的な分子生物学者、それが「バイオハッカー」だ。

私は、数年前に勤めていた大手乳業メーカーを辞め、神奈川県東扇島（ひがしおうぎしま）にミニラボを構え、バイオハッカーとして独立した。今では、いわば一国一城の主である。

そう言えば聞こえはいいが、独立してからの仕事ぶりはというと、「気が向いたときに東扇島のミニラボに出掛けては、そこで日がな一日過ごす」という、至っていい加減なものだ。

そこへもってきてのこのコロナ騒動だ。お蔭（かげ）で外出しない大義名分までできた。その結果、一切外出をしないで済ますという自堕落極まりない生活習慣が、この数か月ですっかり身体に馴染（なじ）んでしまった。

私は馥郁（ふくいく）たる香りのキリマンジャロを飲みながら、手元のスマートフォンでネットニュースをチェックした。

メディアは、倦むことなく東京都のコロナウイルス感染者数を発表し続けていた。連休の影響で検査数自体が減少したためか、発表感染者数も減っていた。メディアの連中はさぞ残念だっただろう。

例年と異なり、今年のお盆はほとんど人の移動がなかった。ＪＲも高速道路も、がらがらだという。

私はスマートフォンをセンターテーブルの上に戻し、大きなあくびをした。

夜眠れなかったくせにと言うべきか、夜眠れなかったためにと言うべきか、急激な睡魔に襲われた。だがまかり間違ってここで眠ってしまったら、次に目を覚ますのは確実に夕方になるだろう。

私は、テレビの横に立てかけてあったラップトップを取り出した。それをソファ前のセンターテーブルに置いてカバーを開き、起動させた。

ラップトップとはもともと「膝の上」という意味だそうだが、膝の上で操作している人など、ほとんど見たことがない。恐らく、私あたりが、ＰＣを自在に操れる「ＰＣネイティヴ」の最後の世代だろう。私より後の世代になると、子供の頃からのスマートフォン育ちで、社会人になって初めてＰＣに触る、という者が多いと聞く。

昔からの習慣で、メールのチェックはＰＣでやることにしている。添付ファイルがある場合、それを確認して保存しなければならないからだ。

例によって、新しく来たメールのほとんどはスパムメールだった。ちょっと気を抜いていると、すぐに詐欺まがいの商法やアドレスの乗っ取り、危険なウイルスなどに引っ掛かりそうになる。まったく油断も隙もあったものではない。

バイオハッカーは、同じハッカーを名乗ってはいても、コンピュータやネット世界にいる本家ハッカーとは違い、デジタルやネット方面の知見に関しては、普通の人々とほとんど変わるところがない。

しかしもしもバイオハッカーがネット犯罪に巻き込まれたら、世間の人々は「ハッカーのくせになにやってるんだ？」と、バイオハッカーを蔑(さげす)みあるいは侮(あなど)るだろう。

想像するだに腹が立ってしようがない。

昔は、「コンクリートジャングル」ということばがあったそうだ。交通事故や強盗・殺人などの凶悪犯罪に取り囲まれた都市生活を、そのように喩(たと)えたらしい。

翻(ひるがえ)って現在はどうだ？

我々の住むこの世界は、「インターネットジャングル」と言ってよいような、ひどく危険な場所と化してはいないだろうか？

こんな危険な場所では、老人や子供などの弱者は安心して暮らすことができない。どうして当局がこうした状況を野放しにしているのか、まったく理解に苦しむと言うほかない。

そのような憤懣(ふんまん)を抱えつつメールをチェックしていると、ひとつ気になるメールを発見した。

私は、大学院を卒業後、日本の某乳業メーカーに研究職として就職し、そこで何年か乳酸菌株の開発に携わったあと、バイオハッカーとして独立した。

バイオハッカーとして一本立ちしてから、クリスパー・キャスナインを使ったゲノム編集で新たな乳酸菌株をいくつか開発し、その特許を取得した。

こう書くといっぱしの発明家のように聞こえるかも知れない。だが私の特許が生む金銭は、今のところすずめの涙ほどだ。収益を生んでいないのだから知財とは呼べないのではないか、という疑いさえある。

なんにせよ、こういう事情から、大量のスパムメールの中にときどき弁理士や弁護士からの重要なメールが混じっている。

この日のメールは、知財弁護士の水上(みずかみ)の事務所からのものだった。水上の事務所は、法律部門と特許部門を備えており、私のような独立自営業者にとっては大変便利な会社である。

メールの件名には、『ネゴレスト』ロイヤリティの件、とあった。

とうとう来たか。

『ネゴレスト』とは、バイオケミカルメーカーのピノートが北米で製造販売するヨーグルトのブランドである。

アメリカでは、ゲノム編集した植物を人の食べる食品として売ることが認められており（動物はNGだ）、現在アメリカ合衆国でだけは、私の開発した乳酸菌株UB40を使ったヨーグルト『ネゴレスト』が製造販売されている。

『ネゴレスト』の謳い文句は「免疫力強化」で、ロイヤリティは販売額の三%だ。弁護士の水上によれば、これはごくごく標準的なロイヤリティで、世界的なライツ企業のD社などは、販売高の一五%にも上る高額のロイヤリティを請求するそうだ。

ところがこの『ネゴレスト』は、まったくと言っていいほど売れなかった。

あまりに売れないため、ピノートの担当者から、「二〇二〇年十月いっぱいで終売の見通し」という事前通告を受けていた。

UB40は、少額とはいえマネタイズできている私の唯一のライツだったから、終売の事前通告を聞いたときにはかなり落胆した。

メールの標題を見たとき、ついに正式な契約終了の書面が送られてきた、と思ったのである。

私はひどく憂鬱な気分で、そのメールを開いた。

Q様

コロナ騒動で大変な状況ではございますが、Q様におかれましてはいかがお過ごしでしょうか。

さて、ピノート社より、『ネゴレスト』の1月〜6月期の米国における月次販売数量につきまして報告がございましたので、転送させて頂きます。

２０２０年１月度　　２、０１７ケース
２０２０年２月度　　３、２２６ケース
２０２０年３月度　　１３、５２４ケース
２０２０年４月度　　１１０、０８３ケース
２０２０年５月度　　３６５、９８８ケース
２０２０年６月度　　８６６、５９８ケース
２０２０年７月度（見込）　１、２００、０００ケース

１月～６月度のロイヤリティは＄７９７、０２０となります。６月度までのロイヤリティは、６月末日ＴＴＳレートにて円換算の上、ピノート社よりＱ様ご指定の銀行口座に振り込まれる予定です。

取り急ぎご連絡まで。

水上武田法律特許事務所

思わず我が目を疑った。

『ネゴレスト』が売れている。

しかも恐ろしい勢いで。

一月、二月は昨年同様の冴えない数字だが、三月からは桁がひとつ増えている。四月になるとさらに桁がひとつ増え、七月の見通しではさらにもう一桁増えているではないか。

スマートフォンの電卓を使い、震える手でロイヤリティをドルから円に換算した。

一ドル一〇五円として計算すると、一月から六月までの合計ロイヤリティ金額は、およそ八三〇〇万円になる。七月度の見込み数字となると、単月で三六〇〇万円以上だ。

いったいなにが起こっているのだ？

ＰＣを使って、「ネゴレスト」で検索を掛けると、おびただしい数の関連記事が上がってきた。

しかし日本語のニュースはまったくなく、フランス語とスペイン語の記事が散見されたが、ほとんどの記事はアメリカの通信社や新聞社のものだった。

タイトルを抜粋して和訳すると、概ねこんな感じである。

「ピノートの『ネゴレスト』、新型コロナに対する免疫作用ありか？」（ＮＹタイムズ）

「ピノートのＵＢ40　ＦＤＡが本格的な調査を開始」（トムソン・ロイター）

「ピノート社の乳酸菌、対コロナ抵抗性ありか？」（ＵＰＩ）

「ピノート社、『ネゴレスト』を増産　南米各国への輸出を検討」（ウォール・ストリート・ジャ

ーナル）

いずれも、ＵＢ40には新型コロナウイルスに対する抵抗力を高める機能がありそうだ、という内容の記事だった。

ＵＢ40が本当にコロナに効いているのか、それとも単なるプラセボ効果に過ぎないのか、見出しからはまったく判断がつかなかった。だが、『ネゴレスト』がアメリカで爆発的に売れているのは、紛れもない事実のようだった。

これらの見出しのうち、ロイターの発した「ＦＤＡが本格的な調査を開始」という見出しに、ひどい胸騒ぎを覚えた。

ＦＤＡは、日本語では「アメリカ食品医薬品局」と訳され、日本の厚労省の医薬局のような、食品と医薬品行政を司る政府機関である。

『ネゴレスト』には、「ガンが治る」「病気にならない」など、日本の薬機法でも禁じられているような怪しげな約束をするコピーは一切使われていない。そのあたり、海千山千のピノートにぬかりはない。むろん、二〇二〇年になってから澎湃（ほうはい）として巻き起こったコロナ騒動に対しても、同様である。

どういう角度から考えても、米国の法律に抵触するようなことはしていないはずだ。ＦＤＡの調査というのが、いったいなにを調べようとしているのか謎だった。

それにしても問題は、弁護士の水上だ。どうしてこんな大事な要件を、事務所からのメール一本で済まそうとするのだ?

私は水上の携帯に電話を掛けた。数回のコール音のあと、水上が電話に出た。

「今日おれが受け取ったメールの内容を知っているか?」

開口一番、声に怒気を含ませた。

メールは特許部門からの事務連絡に過ぎなかったから、弁護士である水上自身は、その内容を知らない可能性があった。

「もちろんです」

水上は、淡々とした口調だ。しっかり内容を把握しているじゃないか。

「このメールに書かれていることは本当なのか?」

「ピノートが虚偽の報告をしてきたとでも?」

「そういうことを言ってるんじゃない」私は声を荒らげた。「こんな大事な話を事務的なメール一本で済ます気だったのか、と聞いてるんだ」

「おや?」

「なんだ、その『おや?』は?」

「電話はお嫌いだとおっしゃっていたので」

「時と場合によるだろう?　うっかり見落とすところだったじゃないか」

少額とはいえ、ロイヤリティは私の生活の糧である。実際には、私がこのようなメールを見逃すことはない。

「メールには開封確認を付けて送っています」水上の口調は、確信に満ちていた。

「いつまでも未開封だったら、どうする気だったんだ？」

そのときは、結局水上も私に電話を掛けることになるのだ。

「その場合には電報を打とうかな、と」

私は絶句した。

深呼吸を繰り返して、どうにか怒りを抑え込んだ。

「どうしました？」

「数字の報告以外には、ピノートからはなにも言ってきていないんだな？」

もしもピノートが予定通り契約を終了させると言うのであれば、他の企業と、もっと有利な条件で契約できるかも知れない。

「ピノートは」水上が答えた。「前言を撤回して、来期以降もＵＢ40のライセンス契約を是非とも継続して欲しい、と言ってきました」

「なんだ、メールに書かれていない大事な話があるんじゃないか」

全身の血管が破裂しそうだった。

「さすがに大事なことなので、それについては電話で直接お話ししようかと」

「おい、さっきまで電話は使わないと言っていなかったか?」

「電話が嫌いなのはあなたの方で、私ではありません。そのくせあなたはこうして一方的に私に電話を掛けてくる。だったら大事なことは、あなたから電話が掛かってきたときに話せばいい。そう考えた次第です」

ああ言えばこう言うとは、まさにこのことだ。

私は大きく息を吸い込んだ。

「じゃあ、電報の件は?」

「電報の件?」

「おれがメールを開かなければ電報を打つ、とさっきあんたは言った。だとすると、おれの方から電話をしなければ、あんたとおれが直接電話で話すのは、あんたがおれに電報を打ったあとになっていたわけだ。ずいぶんとまあ、悠長な話じゃないか」

「いまどき電報なんか打つわけないでしょう?」水上が呆れたように言った。

「なんだと?」

「冗談に決まってます」

くそっ。

胸中で悪態を吐いた。

「メールを見た途端にあなたがこうして私に電話してくることは、容易に想像がつきます」

事実そうだっただけに、ぐうの音も出なかった。

水上とは、このようにいちいち癇に障る人物なのだ。だが弁護士としての腕前は一流で、水上の事務所も万事抜け目がない。

私がＵＢ40の特許取得について水上の事務所に相談したときも、水上は、米国での特許取得と米国企業への売り込みをしてはどうか、と助言してきた。

ドメスティックな貧乏バイオハッカーには、米国での特許取得など思いもよらないことだった。しかも、米国企業へのアプローチに至っては完全に徒手空拳である。

水上は、それらのワークロードをすべて自分の事務所で引き受ける代わりに、報酬についてはタイムチャージ制ではなく成功報酬方式でどうか、と提案してきた。私は、渡りに船とばかりに、即座に水上のこの提案に乗った。ピノートとの契約が成立したのも、水上の事務所のアドバイザリーサービスのお蔭だった。

するとどうだ？

ここに来て、ＵＢ40が見事に大化けした。

特許権者の私ですら、予想だにしていなかったことだ。

結局、私がピノートから受け取る半期のロイヤリティ約八三〇〇万円のうち、その二〇％に当たる一七〇〇万円が水上の事務所に入ることになった。

水上には先見の明あり、と言っていいだろう。あるいは、単に博才があるだけかも知れないが。

「それはそうと」水上が言った。「ピノートとの契約ですが、どうしますか?」

「継続する」またぞろ新しいところと付き合うのは面倒だった。

「条件の方も今までのままで行く気ですか?」水上は、含むところのある言い方をした。

「なにか考えでもあるのか?」

「条件を引き上げるべきだと思っています」

「じゃあ、あんたの考える条件が固まったら、すぐに聞かせてくれ」急いでこう付け加えた。「電話で」

「承知しました」

水上の声は、たいへん満足そうだった。

私はキッチンへ行き、キリマンジャロを再度淹れ直した。

リビングのソファに座りマグカップを両手でくるむと、コーヒーの温かみとともに、次第に成功の実感が沸いてきた。

恐らく、自分史上、例を見ないほどニヤけていたことだろう。

いまはまだアメリカだけだが、報道によると、ピノートには南米各国に輸出の計画があるという。南米には、アメリカの影響力によって、植物のゲノム編集食品の販売が許可されている国がいくつかあるからだ。

欧州や日本では、植物のゲノム編集食品の販売はまだ許可されていない。日本はアメリカ追随が基本だから、許可されるのは時間の問題で、そうなったら日本でも『ネゴレスト』が販売されることになる。

なにが起きるかを想像して、全身に鳥肌が立った。

いつまで続くか分からないが、アメリカからもたらされる権利使用料だけで、当分の間は遊んで暮らせる。

部屋のインターホンが鳴った。

時計を見ると、まだ午前十一時を過ぎたばかりだった。いつもよりかなり時間が早い。私はまだ、さほどの空腹を感じていなかった。

外出自粛を当て込んで、ランチデリバリー社が「ランチ定期便」というサブスクリプション・サービスを始めたのは、ゴールデンウィーク明けのタイミングだった。

「ランチ定期便」を月極契約すると、いろんなバリエーションのランチを、一か月間自動的に自宅まで届けてくれる。割高だという向きもあるようだが、食べに出掛けたとしても結局その分の交通費は掛かるわけで、そう考えれば決して高い買い物とは言えない。

私にとってはまさしくランチ定期便さまさまで、コロナ騒動が終わっても永久に使い続けたいと思うような、大変便利なサービスである。

いつも居所寝(いどころね)を楽しむソファから立ち上がって、マンションのエントランスを開けた。ほどなくして自宅玄関のチャイムが鳴り、室内のモニタ越しに返事をしたあと、いつものくせでスマートフォンをひっつかみ、短い廊下をいそいそと歩いて玄関に向かった。

築三十年になるマンションの重たい玄関ドアを押し開けると、外から八月の熱気が吹き込んできた。私は思わず顔を顰(しか)めた。

ドアの外には、野球帽を目深に被った中肉中背の男が立っていた。マスクをしているから表情が分からないのは、まあいつものことだ。

だが、すぐに異変を感じた。

おなじみのランデリ社のグリーンのデリバリーバッグを、提(さ)げていない。

スタッフが着るランデリのロゴ入りのグリーンのTシャツも、着ていない。

視線を下ろすと、男の手元に不穏にギラギラ光るものが見えた。

男は無言のまま、玄関に一歩足を踏み入れた。

その瞬間、私は身を翻し、玄関のすぐ左側にあるトイレに駆け込んで中から鍵を掛けた。

心臓が早鐘を打っていた。

トイレの中で、大急ぎで思考を巡らせた。

トイレのドアの外には、人のいる気配がまだ濃厚に漂っていたが、すぐにリビングを物色し始めるから気にするな、と自分に言い聞かせ、便座にどさりと腰を下ろした。

スマートフォンをトイレの壁際の小さな棚の上に置こうとして、そこにマルボロのボックスがあるのが目に入った。

中から煙草を一本取り出し、同じく棚に置いてあったライターを手にした。指先が震えて、なかなか火を点けられなかった。煙を深く吸い込み、それからゆっくりと吐き出した。ドアの外が静かになった。

このまましばらくトイレに隠れ、強盗には気が済むまで室内を物色させてやればいい。黙って盗ませてやれば命までは取られないだろう。自分の中でそう結論が出ると、ずいぶん気持ちが楽になった。

虚弱なバイオハッカーの私には、不逞の徒を組み伏せられるような筋力も格闘技術もない。右手はまだしも、左手の握力など、情けない話だが、高校生のときに測ったら18キロしかなかった。煙を吸い込みながら、家にはどんな金目のものがあっただろうかと、脳内をスキャンしてみた。現金は財布の中身以外にはない。それも一万円かそこらだろう。財布はソファ前のセンターテーブルに置いてある。すぐに止められるカード類は、いくら何でも強盗も盗みはすまい。

モノとしては、PC、4Kテレビ、ハードディスクレコーダがあったが、そのほかに換金できそうなものは思い浮かばなかった。4Kテレビは大きすぎて、一人では運び出せないだろう。8Kですらないし。ということは、強盗が持っていくとしたらPCとハードディスクレコーダ、ということになる。ハードディスクレコーダは構わないが、PCを持っていかれるのは痛い。盗んだ方はたかだか数万円が手に入るだけだろうが、盗まれた方はいろいろ面倒な手続きをしなければならない。

その手間を想像しただけで、げんなりした。ランサムウェアで脅(おど)された人が何十万もの金銭を支払う気持ちが、このとき初めて分かった。

二本目の煙草を喫(す)おうと棚に手を伸ばしたとき、トイレに入るなり棚の上に置いたスマートフォンが目に飛び込んできた。

なんだ、電話が掛けられるじゃないか。

普段のスマートフォンでの連絡は、記録が残り備忘録がわりにもなるメールかLINEが通常モードで、電話を掛ける習慣など、とっくになくなっている。電話を掛けるのは緊急事態のときぐらいだ。そしていまこそまさにその緊急事態ではないか。

スマートフォンのキーパッドに110と番号を入力し、緑色の発信アイコンをタップしようとした。

そのときだ。

ガチャリ、と音がした。

音のした方を見ると、確かに鍵を掛けたはずのトイレのドアノブが、目の前でガチャガチャ動かされている。続いて軋(きし)み音とともに、ドアノブを固定していたねじが、ゆっくりと回り始めるのが見えた。

男がドアノブを壊そうとしている。

再び心臓が早鐘を打ち始めた。

落ち着けと自分に言い聞かせながら、何か武器になる物はないかとあたりを見回した。ほかの部屋にだってないのだ、トイレに武器などあるわけがない。

棚の上を見ると、先ほど喫ったマルボロの赤い箱、ガスの切れかかった黄色い百円ライター、ステンレス製の小さな灰皿、アルコール消毒ジェル、洗った手を拭くペーパータオル、それを捨てる籐製（とうせい）の小さいゴミ箱、トイレ用の消臭スプレーなどが、雑然と置かれていた。

電話の通話アイコンをタップするのを忘れていた。

私は慌てて緑色のアイコンをタップし、スピーカモードにした。

電話が１１０番通報に繋（つな）がり、女性のオペレータが、「どうしたんですか？」と呼び掛けてきた。

喉がからからに乾き、上下の粘膜が張り付いたまま二度と離れないのではないか、と疑った。

咄嗟（とっさ）にひらめいて、棚の上にあった物の中から武器になりそうなものを二つひったくるようにつかみ、便座から立ち上がった。

１１０番のオペレータは、「もしもし、もしもし」と、繰り返し私に呼び掛け続けていた。一畳ほどの狭いトイレの中で緊張して身構え、１１０番の女性オペレータに、自分の姓名と自宅の住所を大声で叫んだ。

ドアノブが外れて内側に落ち、続いて激しい勢いでドアが内側に開いた。

甲高い奇声を発しながら、男がトイレの中に雪崩（なだれ）込んで来た。私は、トイレ用の消臭スプレーを男の顔に向けて噴霧しながら、そこに百円ライターで火を点けた。その刹那、消臭スプレーは小型の火炎放射器と化し、男の顔に紅蓮の炎を浴びせ掛けた。男は、「ぐわ」とか「のが」のように聞こえる呻き声を上げ、顔を押さえて後退った。

私は１１０番のオペレータに、「強盗だ、すぐに来てくれ」と大声で叫んだ。警察に通報されて怯んだのか、男はうしろを振り返ろうともせず、そのまま脱兎の如く逃げ去った。私は取り敢えず賊を撃退できたことにほっとし、リビングへ行ってざっとチェックしてから、玄関にへたり込んで警察の到着を待った。

ほどなくして、警官がふたり家に駆けつけてきた。

室内に上がるよう勧めたが、警官は、「鑑識が入るから、我々は中に入らない方がいいんです」と固辞し、玄関口に立ったまま私から事情を聴取した。ふたりとも、足元に不織布かなにかでできた靴用のカバーを付けていた。

私は、ことの顛末を時系列に沿って彼らに話したが、三人ともマスクで顔が隠れているため、どうにも隔靴掻痒の感が拭えなかった。

「で、私が」最後に言った。「トイレの消臭スプレーで応戦したところ、驚いてなにも盗らずに逃げていった、というわけです」

「へえ、こんなものでねえ」

年嵩の方の警官が、手袋をした手を一杯に伸ばし、消臭スプレー缶を顔から遠ざけて、缶の裏面を読もうとした。

スプレー製品には、大抵可燃性のガスが使われている。昔はフロンガスが主流だったが、フロンはオゾン層を破壊するため、いまは他のさまざまな代替ガスが使われていて、それらは大抵可燃性だ。

消臭スプレーの利用は、私の専門が化学だから思い付いたことだ。尤も、正確に言うなら、私の専門は無機化学ではなく生化学と分子生物学ではあるが。

「ほんとうに、なにも盗られていないですか?」年嵩の警官が私に念を押した。

「ええ、ざっと見ただけですけど」

それにしてもこの家には金目のものがほとんどない。それを確認して、我がことながら少々呆れた。今後は「この家、金目のものなし」という看板かなにか、玄関先にでかでかと掲出しておくべきかも知れない。そうすれば泥棒に入る方も入られる方も、お互い労力を軽減できる。

「むかしは」年嵩の警官は、古き良き時代を懐かしむように言った。「昼間の窃盗といえば空き巣狙いと相場が決まっていたんですが、最近はどうも……。アポ電強盗いうの、ご存じですか?」

かすかな訛りから察して、年嵩の警官は関西の出身のようだった。

「ニュースで聞いたことがあります。家に現金がどれぐらいあるかを電話で確認し、その上で強盗に入るのだとか?」

いまタイムマシンで十年前に行き、「十年後の強盗は、わざわざアポを取ってから来るんですよ」などと話したら、間違いなく人々の失笑を買うだろう。

「フィッシング詐欺から派生したものだと言われています」若手警官が言った。「ご老人を騙して銀行振込させるのではなく、一人暮らしのご老人が在宅のときを狙って押し入り、目の前で現金を奪うんです。人が家にいるから、鍵をこじ開ける手間が要らないと言って」

「まったく世も末ですよ」年嵩が、吐き棄てるように言った。「被害者の老人が強盗に抵抗し、殺されるケースも発生しておるんですから」

　うちに押し入った強盗も手に大きなナイフを握っていた。その禍々しい輝きを思い出し、肌が粟立った。

「実は、最近これがさらに悪性のものに変化しまして」

　年嵩の警官が苦い表情を浮かべた。

「というと？」私はきいた、礼儀として。

「コロナの影響で在宅勤務が増えているもんだから、アポ電強盗が、最近はアポなし強盗に変化しとるんです」

「アポなし強盗？」

　思わず「それは普通の強盗なのでは？」と、ちゃちゃを入れそうになった。

「とにかく」年嵩の警官は咳払いをして、続けた。「そんな物騒な犯罪が横行しておるもんで、相手を確認せず不用意に玄関を開けるのは大変危険です。今後は十分にご注意ください」

　なるほどそういう話の展開か。

私は神妙な態度で、「気を付けます」と答えた。

「あとで鑑識がお邪魔しますので、そのときはまたよろしくお願いします。もしなにかなくなっていることに気付いたら、後でも構いませんので届け出てください」

「ご親切、痛み入ります」

「我々の捜査のためでもありますから」

ふたりの初動警官は、一揖（いちゆう）して帰っていった。

アポなしアポ電強盗、と聞いて思い出したことがある。

「トゲトゲ」という名前の、身体じゅうにトゲが付いた昆虫のことだ。

あるとき、この「トゲトゲ」の仲間に、トゲのない新種が見つかった。

昆虫学者は、止（や）むなくこの新種に、

トゲナシトゲトゲ

という、自家撞着（どうちゃく）極まりない名前を付けた。

ところがそれからしばらくすると、あろうことか、この「トゲナシトゲトゲ」の仲間の中にトゲのある新種が見つかった。

このトゲのある「トゲナシトゲトゲ」の新種には、

トゲアリトゲナシトゲトゲ

という名前が付けられることになった。
かく名付けた学者たちの苦悩は、察するに余りある。
だがこんな名前を付けられた虫の方も、堪（たま）ったものではあるまい。
しかし、だ。
我々の想像力は次の事態を予想する。

トゲアリトゲナシトゲトゲに、トゲのない新種が見つかる。

もう、いまさら後には退けない。だから、むろん名前は、

トゲナシトゲアリトゲナシトゲトゲ

になるだろう。
こうなるともう、トゲがあるのかないのか、まるで分からない。

心胆寒からしめる出来事とは、まさしくこうした事態を指すのであろう。

二人の警官が帰ってしばらくすると、今度は三人の鑑識警官が機材とともに家にやってきた。

その鑑識作業も二時間ほどで終了し、ようやく我が家に日常が戻ってきた。と言っても、ひとりぼっちの日常だが。

ふたり組の初動警官による事情聴取中に、本物の「ランチ定期便」が届いていた。しかし警官からそれをリビングに運び入れることを止められ、その結果、届いた八宝菜は上がり框でどこまでも冷め続けていった。空腹をちょっと我慢すれば、そのうち「ディナー定期便」が届く。そういうわけで、冷めた八宝菜をレンジでチンする気にはならなかった。

リビングで録画してあった科学番組を見ながら、はるか遠い宇宙に思いを馳せていると、テーブルの上のスマートフォンがびりびりと物凄い音を立てて震え始め、思わず飛び上がりそうになった。

この驚くような振動音の、いったいどこがサイレントモードだ?

野獣のごとくに咆哮するスマートフォンのディスプレイを恐る恐る覗き込むと、不明の発信者からだった。

私はそもそも電話が嫌いだ。だれも指摘しないが、電話というのはまったくおかしなシステムで、用事のある人間が、用事のない人間の邪魔をするという、前代未聞の迷惑行為なのである。

しかもその内容はというと、押し売りだったりフィッシング詐欺だったり押し売りだったり、まあ、とにかく碌（ろく）なものではない。

それでも掛けた方が通話料を全額負担する日本式はまだしもで、アメリカ式では、電話を掛けた方と受けた方とで通話料を折半する決まりになっているらしい。電話を受けた人間は、迷惑行為に苦しめられた上、金まで取られるのだ。ちょっとどうかしている、としか言いようがない。

掛かっている電話に対し、脳内でこのような罵詈雑言（ばりぞうごん）をさんざん浴びせながら、じっと振動が止むのを待った。

だが、振動は一向に止む気配を見せない。

それで、つい、

「はい」

とだけ言って、その電話に出てしまった。

私には、ヤバそうな相手に実名を名乗る習慣はない。

「バイオソニックの牧村（まきむら）です」

押し売りでもなくフィッシング詐欺でもなく押し売りでもなく、しかも当然アポ電強盗でもなかったが、予想した通り大して親しくもない人間からだった。

結局一種の押し売りだったのだが、そのことが分かるのは後になってからだ。

止むを得ずリモコンのポーズボタンを押し、科学番組の再生を一時的に停止した。

「こんばんは」

できるだけよそよそしく聞こえるように、挨拶した。

牧村とはこれまで数回しか会ったことがない。中肉中背の、エリートで礼儀正しい、だが大いに面白みに欠けるスクエアなおじさんだ。

「寄付の件ですか？」牧村にきいた。

また寄付をしてくれ、そういう電話だろう。

牧村は、「ルワンダ復興基金」という財団法人の理事長をしている。何年か前、私は友人に頼まれて、その基金に幾許（いくばく）かの寄付をした。

牧村は、早くもＵＢ40の件を聞きつけたのではあるまいか。

「寄付？　ちょっとなにをおっしゃっているのか分かりませんが」牧村が言った。「織原（おりはら）が行方不明になりました」

私は絶句した。

しばらく経ってから、ようやく気を取り直し、

「またですか？」

と、呆れて言った。

織原というのは、私の友人で、バイオソニック社のＣＥＯ織原純一郎のことである。電話を掛けてきたのは、同社のＣＦＯ、つまり財務部門の最高責任者で、「ルワンダ復興基金」の理事長を兼務している牧村秀明だ。

実績作りのためにドネーションの件数が欲しいと、私は織原純一郎から、「ルワンダ復興基金」への寄付を頼まれたのだった。

バイオソニック社は、年間売上高およそ五百億円、ＤＮＡやＲＮＡを使った遺伝子創薬、ｉＰＳ細胞ベースの移植用組織開発、ゲノム編集技術を使ったアグリビジネスなどを行う、バイオケミカル企業である。新型コロナウイルスのワクチン開発にも取り組んでいる、と聞いている。

まあ、バイオハッカーの大規模なやつ、と考えてもらえればよかろう。

織原純一郎と私とは、いわゆる腐れ縁で繋がっている。

同じ大学の同じ研究室の出身で、徹夜マージャンに興じたり、同じ研究室の可愛い女の子を取り合ったり、お互いの論文を助け合ったり、共同で特許を取ったりもした。

なかんずく、我々の腐れ縁を決定づけたのは、純一郎がバイオソニックを起業したことだろう。

起業の蚊帳の外に置かれた研究室の指導教授は怒り狂い、純一郎に「破門」という時代がかった制裁を申し渡した。純一郎は「別に構いませんよ」と嘯き、そのまま大学院を中退してバイオソニックの創業経営者となった。

実を言うと、このとき私はこっそりと純一郎の起業を手伝っていた。

当時私はすでに結婚していて、妻――純一郎と追い掛け回した研究室の可愛い女の子――のお腹(なか)には一人娘がいた。指導教授から破門された院生が就職先を見つけるのは、極めて困難である。もし私が破門されたら、親子三人で路頭に迷うことになる。

純一郎は、「きみも経営陣に入ってくれ」と私を誘った。しかし私は、結婚生活と子育てと奨学金という名のローンを抱えていて、到底そんな大博打(ばくち)が打てる状況ではなかった。私は純一郎の誘いを断り、指導教授にも黙っているよう、純一郎に釘(くぎ)を刺した。

起業を手伝った謝礼として、純一郎からは、起業したてのバイオソニック株をいくばくか受け取った。かつかつの生活をしていた私としては、「コンビニ弁当一年分」の方が余程ありがたかったのだが、純一郎は二束三文の株を私に押し付けて、それでお茶を濁したのだ。

ところがそのジャンク株はあとになって大化けし、いまや働かなくともそれなりに暮らしていけるだけの収入を、毎年私にもたらしてくれるようになった。

その収入があればこそ、乳業メーカーを退職して自分のミニラボを構え、フリーランスの分子生物学者、すなわちバイオハッカーとして独立することができたのだ。

ちなみに私のミニラボは川崎区東扇島の貸し倉庫の中にある。ＢＳＬは1で、ということは、まあ大した設備ではないということだ。それ以上の設備を構えようとすると費用の桁がひとつ上がってしまう。泣きの涙で、この設備水準で妥協するほかなかった。

「聞いていますか？」

追憶に浸っていたら、牧村から現実に呼び戻された。「織原がいなくなったんです」

「そう何度も言わなくても、分かっています」私はげんなりした。「どうせいつものやつでしょう？」

「いつものやつです」

牧村も、うんざりしたような口調だった。

純一郎の失踪はいまに始まったことではないのだ。

毎年毎年性懲りもなく、純一郎は失踪行為を繰り返している。

「どこか行き先に心当たりはありませんか？」牧村が言った。

純一郎が行方をくらますたび、私とバイオソニックの秘書室長との間で、こうした不毛な会話が交わされてきた。

ところがこのときは、いつもと様子が違った。いつもの池田秘書室長からではなく、CFOの牧村からの連絡だったのである。明らかにCFOの方が格上である。

「どうして今回は、牧村さんなんですか？」

「仕事ですから」牧村は抑揚のない声で言い、人を煙に巻くようにこう続けた。「すまじきものは宮仕え、というやつです」

CFOの職掌に「行方不明のCEO探し」は入っていないはずだ。私はスマートフォンを手で持っているのが嫌になり、スピーカモードにしてソファの上に投げ出した。

純一郎がこのように失踪を繰り返すようになったのは、ある人物に対する憧れが原因である。

少し話は逸れる。

ＰＣＲという分子生物学の技術が、最近とみに知られることになった。新型コロナウイルス感染の判定手段として使われるようになったからである。ＰＣＲとは、「ポリメラーゼ・チェーン・リアクション」の頭文字を取った略語で、二〇一九年に亡くなったアメリカの生化学者キャリー・マリスが発明した、ＤＮＡの増幅技術である。

デフォルメして言えば、ＰＣＲマシンとは、遺伝物質であるＤＮＡを、まるで紙のように短時間で機械的に大量コピーする装置である。この功績により、キャリー・マリスは一九九三年にノーベル化学賞を受賞した。

マリスはドラッグ漬けのやさぐれたサーファーで、どこか役者のビリー・ボブ・ソーントンを彷彿とさせる風貌をしていた。ノーベル賞受賞の知らせも、どこかのビーチでサーフィンをしているときに受け取ったそうだ。こうした破天荒なライフスタイルと科学史上に残る偉業とのギャップから、マリスは世界中のバイオハッカーたちの生けるアイコンとなった。

ご多聞に漏れず、私も純一郎も、ほぼ同じ時期にマリスにかぶれた。

着古したよれよれのＴシャツに古びたジーンズを穿き、たいした運動神経でもないくせにサーフィンを始め、ロック音楽を聴き、闇で買ったマリワナに手を出した。中古の高級外車を乗り回し、なにか気に食わないことがあると、すぐに四文字の放送禁止用語を口にする。研究室の同僚たちからすこぶる評判が悪かったことは言うまでもない。

私は妻と出会ってマリス病が完治したのだが、純一郎の方はこの病気を年々こじらせていった。そのため、上場企業のＣＥＯという立場に在りながら、いまもときどき失踪してはどこかのビーチでこっそりとサーフィンに興じるのである。

だが私には、純一郎が無理をしているようにしか見えない。

純一郎は、自分で自分に、マリスという呪いを掛けたのだ。その呪いのために、毎年のように失踪を繰り返さざるを得なくなっている。

「それで、あいつになにか用でもあるんですか？」

そう言うと、牧村は黙り込んだ。

どうせ大した用事などないのだ。なぜなら、純一郎が失踪するのは、大した決裁事項のない業務閑散期に限られていたからだ。純一郎はずるがしこくそれを見切って行動していた。これまで大事に至っていないのもそのためだ。

「今回も海外のビーチじゃないですか？」私は言った。

「新型コロナウイルスのため、事実上海外には渡航できません」

確かにたいていの国が、依然として厳しい入出国制限を設けていた。

「日本にだってビーチぐらいあるでしょう」

「海水浴客もサーフィンをやる人間もいまはほとんどいません。そもそも大半の海水浴場は、閉鎖されています」

牧村はサーファーと言わずに、「サーフィンをやる人間」という、どこか含むところのある言い方をした。

「仮に入れるところがあったとしても」牧村は続けた。「こんなときにサーフィンなどしていたらひどく人目につきます。またテレビに映りでもしたら、おおごとですよ」

数年前、「市場視察のためヨーロッパ外遊中」だったはずの純一郎が、日本の一般のサーファーに混じってテレビに映り込むという事故があった。大騒ぎになり、バイオソニックの広報セクションはその対応に大いに苦慮したらしい。

純一郎もこの一件では反省し、失踪後のサーフィンは海外だけにする、そう秘書室長の池田に約束したそうだ。果たしてそれが反省と言えるのか。

「では前回みたいに、部屋に引きこもって、ネトゲ廃人と化しているんじゃないですかね?」

「部屋を訪ねてみましたが、あそこには人のいる気配が一切ありませんでした」

「CFO自ら、純一郎の家まで行ったんですか?」ちょっと驚いて尋ねた。

「だれかを使いに出すわけにはいかないでしょう?」牧村が苦り切ったように言った。「私が行って、この目で確かめてきました」

純一郎の失踪癖は社内でもトップシークレットで、それを知る者は、池田、牧村を含めて数人しかいない。

ＣＥＯに失踪癖があることが世間に知れ渡ったら、バイオソニックは大変なことになるだろう。株価は下落し、ユーザー、取引先、金融機関などのステークホルダーからは業務改善を強く求められる。多くの優秀な社員が会社を去る可能性が高い。

「あいつ、ようやく白金(しろがね)に戻る気になったのかな？」

「そんなことはありえないと分かっていて、わざと言っていますよね？」

牧村が辟易(へきえき)したように言った。「織原は探偵まで雇って優子(ゆうこ)さんの浮気の証拠を見つけ出したんですよ」

現在白金のマンションには、純一郎の妻織原優子が一人で住んでいる。

優子は、かつて北川(きたがわ)きららという芸名で、麗羅坂(れいらざか)４６１というグループでセンターを張るアイドルだった。

青年実業家織原純一郎とスーパーアイドル北川きららの結婚は、ビッグカップル誕生ともてはやされ、結婚式に来賓として招かれるかどうかで、その後の芸能界でのステイタスが決まる、とさえ言われた。

だが残念ながら、彼らの幸せな結婚生活は長くは続かなかった。

純一郎によれば、優子は可愛いし頭の回転も速いのだが、なにしろ気性が激しいらしい。ささいな原因から夫婦で暴力沙汰を繰り返し、ふたりで何度も白金警察の世話になったそうだ。

このままだと、そのうち取り返しのつかないことが起こる。そう考えた純一郎は、自分から白金のマンションを出ることにしたのだという。ただしこれは、あくまでも純一郎側からの一方的な見方だ。そのことはしっかり断っておかねばなるまい。

牧村が、続けてこう言った。

「ちなみに西荻（にしおぎ）にもいませんでした。織原のお母さまからは、息子がご迷惑をお掛けしますと、何度も何度も頭を下げられましたよ。まったく、まいっちんぐマチコ先生です」

「なんですか、その、まいっちんぐっていうのは？」

「これは失敬」牧村が電話口で苦笑した。「我々昭和世代のだじゃれで、『参った』と言いたいときに使うんです」

牧村が口にした「西荻」とは、純一郎の生家を指している。優子と結婚するまで、純一郎は西荻の生家で母親と二人で暮らしていた。

私は、母親のいる純一郎がうらやましかった。

私は幼い頃に父母をなくし、祖父に育てられたからだ。その祖父も、私が大学生のときに他界した。院生時代に結婚し、子供にも恵まれたが、ふたりとも二年前に交通事故で失った。以来、私は天涯孤独の身の上だ。私のことを心配してくれるのは、今や義妹のまりえぐらいである。

「そう言えば」私はかつて秘書室長から聞いたことを思い出した。「池田さん、純一郎のスマートフォンに位置追跡アプリを仕込んだ、と言っていましたが」

「そんなものとっくに織原にバレてますよ。だから織原はスマホの電源をずっと落としたままでです」

スマートフォンは、いまやライフラインのひとつと言っても過言ではない。純一郎は、そのライフラインを完全に機能停止させてでも、自分の居場所を牧村や池田から隠しておきたい、そう考えているのだろう。

そうなると考えられる純一郎の居場所は、ほぼ一択だった。

「では彼女の……」そう言い掛けて、私は慌てて口を噤んだ。

「織原優子のマンションには」私は言い直して続けた。「牧村さんは結局行ってないんですね？」

「行っていません」

「なら、純一郎が白金に戻っているって可能性もあながち否定できません」

「可能性論議をするなら、確かにそうではありますが……」

「だったら確実を期すためにも、やはり織原優子のところへも行ってみるべきでしょうね」

私は自分が口を滑らせかけたことを、どうにか糊塗した。

純一郎には、新しい恋人がいた。

牧村たちからどうしても居場所を隠し通したいとなると、純一郎はその新しい恋人のところにいるに違いない、そう私は睨んでいた。

しかしこれは、純一郎のプライバシーに関することだ。

それに、もし純一郎の新恋人の存在が明らかになった場合、それが優子との離婚問題にどういった影響を及ぼすのか、私には想像もつかなかった。純一郎にとって有利な影響をもたらす可能性は、きっとないだろう。

そうしたことを考え合わせると、いくら相手が純一郎の腹心の部下牧村であっても、新しい恋人がいることを私の口からおいそれと言うわけにはいかない、と思われた。

時計を見ると六時十五分だった。まもなくランデリの「ディナー便」が届く。そろそろ潮時だった。

「心配いりませんよ」私は言った。「あいつのことだから、どうせいつもみたいに、一週間もすればケロっとした顔で姿を現します」

バイオソニックは昔と違って、今や巨大組織だ。たとえ純一郎ひとりぐらいいなくたって、特段大きな問題にはならない。

適当な出任せを言って、牧村との電話を切り上げようとした。

「すいませんが、これから来客が……」

「今回ばかりは」牧村が、私のことばにかぶせるように言った。「今回ばかりは、このまま放置するわけには行かないのです」

牧村の声には、ただならぬ緊張が漂っていた。

「いったいどうしたと言うんです?」その緊張に引き摺り込まれ、牧村にきいた。

「河原崎が臨時取締役会を召集しました」

「河原崎というと、ＣＯＯの？」

鼻の奥で、なにかが焦げるような匂いがした。

河原崎誠一はバイオソニック社のＣＯＯ、すなわち副社長の地位にある人物である。数年前までサイアーファンドという投資銀行の上級副社長という地位にあった。それを、純一郎がみずから口説き落とし、バイオソニックのＣＯＯとして迎え入れたのだ。

「臨時取締役会の議題は、ある中小企業の買収案件ということになっています。しかしそれは表向きです」

牧村はここで一拍置き、大きく息を吸い込んだ。

「河原崎は、そこに織原のＣＥＯ解職動議を提出する気なのです」

「本当ですか？」

私はソファの上で身構えた。

「確かな筋からの情報です」牧村はそう答えて続けた。「確かにこの一年、経営方針を巡って、織原と河原崎の意見が衝突することが多くなってはいました。しかしこんな『お家騒動』が勃発するとは、まったく寝耳に水としか言いようがありません」

純一郎からは、会社は順調だと聞いていた。もしも純一郎が河原崎の造反を予感していたとしたら、いくらなんでもそんなときにわざわざ失踪するような真似はしなかっただろう。

いやな予感がした。

「ひょっとしたら」私の声はかすれていた。「純一郎の失踪癖、そしてあいつが今まさに失踪中だということを、河原崎さんは知っているんじゃないですか?」

「分かりません」牧村が力ない声で言った。

「そもそも純一郎は代表取締役でしょう?」私は気色ばんで言った。「取締役会というのは、代表取締役不在でも開催できるものなのですか?」

「議決権の総数が」牧村が答えた。「定足数に達してさえいれば、たとえ代表取締役が不在でも取締役会は成立します。つまりそこでの決議は、取締役会の決定事項として完全に有効ということです」

「仮に河原崎さんが」ごくりと唾を飲み込んだ。「CEOの解職動議を取締役会に提出したとしましょう。その動議が取締役会を通過する可能性はどのぐらいなんでしょう?」

重要なのは、そこだ。たとえ動議が提出されたところで、通らなければ単なる河原崎誠一の自爆行為にしかならない。

「私の知る範囲では」牧村が答えた。「はっきり織原派と言えるのは、私、製造担当取締役、研究開発担当取締役の三人です。一方、反織原派は河原崎と営業担当取締役のふたりで、あとのボードメンバーは浮動票と言っていいでしょう」

「三対二ですか」私は、止めていた息をふうっと吐いた。「だったら、戦えば勝てますね」

「それは違います」牧村は苛立ちを隠そうともせずに言った。「河原崎は水面下で多数派工作を進めているはずです。いや、もうすでに終わっているかも知れない」

息を飲んだ。

当然予想すべきことだった。河原崎は、勝算があるからこそ勝負に打って出たのだ。

「むろん、私もすぐに切り崩し工作を開始します」

「うまく行くでしょうか？」

「やるしかないでしょう」牧村は、私の愚問に、呆れたという口調で答えた。「しかしいくら切り崩し工作がうまく行っても、織原が取締役会に出席できなければすべては水の泡です」

「純一郎の出席がそんなに重要ですか？」

純一郎が出席しなくても取締役会を成立させるくせに、と当て擦りたくなった。

「考えてもみて下さい」牧村は、聞き分けのない子供を諭すような口調で言った。「自分の解職が掛かった取締役会を『バカンスのため』に欠席するようなＣＥＯに、あなたはついて行く気になれますか？」

取締役のほとんどは、純一郎がバカンスに出ていると思っている。

「しかし」私は反論した。「純一郎は、議題はおろか、取締役会の開催自体知らされていないんですよ。知らないのに責任を押し付けるなんて、酷すぎませんか？」

「ＣＥＯはアメリカ大統領と同じです。ほかの人には許されても、ＣＥＯだけは『バカンス中で知らなかった』では済まされないのです」

牧村の言う通りだった。

バカンス中だったから、自分の国が戦争を始めたとは知らなかった。

そんなアメリカ大統領、いるはずがない。

牧村が続けた。

「ですから織原が取締役会を欠席した場合、当日の浮動票のほとんどは河原崎へと流れるでしょう」

自分が唾を飲み込む音が、身体の内側を伝って耳に聞こえた。

「その臨時取締役会はいつですか？」

「一週間後の今日です」

「そんなに急に？」

河原崎は、純一郎が失踪中であることを恐らく知っている。

知っているからこそ、その最短期間の規定を使って、純一郎に勝負を仕掛けてきたのだ。

左手に激痛が走り、顔を顰めた。知らず知らずのうちに、左手でソファのひじ掛けを強く握り締めていた。

「織原が臨時取締役会に出席できるかどうか、すべてはそこに掛かっています。もしも織原を期限までに見つけ……」

牧村がそう言い掛けたのを、途中で遮った。

「まさか、あんた」思わず声を荒らげた。「そのときは、あんたまで純一郎を見捨てる気じゃないだろうな?」

「すこし落ち着いてください」牧村が言った。「私が織原を裏切ることは決してありません。なぜならバイオソニックは織原純一郎そのもので、それ以外の何物でもないからです。織原以外の人間がCEOになったら、それはもはやバイオソニックではありません」

牧村の声には、どこか覚悟のようなものが感じられた。

「先ほどは――」牧村が言った。

「もしも織原を期限までに見つけられるとしたら、それができるのはあなただけだ、そう言おうとしたのです」

牧村は大きく息を吸い込んで、こう続けた。

「織原を見つけだしてもらえませんか?」

私はことばを失った。

無性に煙草が喫いたくなり、ソファの端に置いてあったデイパックを引き寄せ、手探りで中を探した。

「私はCFOです」牧村の声は苦渋に満ちていた。「今後一週間、河原崎がデコイで提案する買収予定企業のデューデリを手伝わなくてはなりません。臨時取締役会に備えて、あくまでも自然にCFOとしての職務をこなさなければならない。

もし私がデューデリ業務を拒絶したり、通常業務をキャンセルしたりなどしたら、『織原降ろし』の動きを察知したと河原崎に気付かれるでしょう。

残念ながら、私は身動きが取れないのです。

一時は子飼いの部下に織原を探させることも考えました。しかし、こうなると、だれが味方でだれが敵なのかまったく分かりません。こんな状況では、予断に基づいた行動は命取りになりかねません」

牧村の苦しい胸の内は、こちらにも伝わってきた。

「確かにあなたはコミュ障の引きこもりで、人探しのプロではない」

牧村のことばに、火の点いていない煙草を口にくわえたまま、啞然(あぜん)とした。

よほど切羽詰まっていたのだろう、やまと銀行で総務部の次長まで務めた男とは思えない、無遠慮で明け透(す)けなものの言い方だった。

「だがあなたは、織原の行きそうなところ、やりそうなことについて、私以上に詳しくご存じだ。しかも私の知らない織原の知人を何人も知っていて、その人たちにききたいことをきける。そんな人間、この地球上にあなたのほかにだれかいますか?」

牧村は、電話の向こうで深い溜息(ためいき)を吐いた。

「あなたに軽い嫉妬を覚えます」

確かに、織原優子も私と会うことぐらいならしてくれるかも知れないし、現在の純一郎の彼女に至っては、牧村は恐らくその存在すら知らされていないだろう。

「コミュ障の引きこもりも、案外傷つきやすかったりしてね」

唇に貼り付いていた煙草を取り、牧村の言い過ぎをチクリと刺し返した。

電話の向こうから、息の抜けるような音が聞こえた。

たぶん笑ったのだろう。

「失礼しました」牧村が咳払いをして続けた。「今のと、さっきのあなたの恫喝を相殺することにしませんか？」

「分かりました」

苦笑しながらそう言い、電話越しに牧村と手打ちをした。

「そうだ、些少ですが、謝礼もご用意させていただきます」

「謝礼？」

「現金で二〇〇万」

「二〇〇万？」

一週間の仕事にしては、破格の報酬だ。

「そのうち五〇は前払いで、残りの一五〇は事後に振込ませていただきます。

万一織原が見つからなかった場合でも、後金のお支払いはきちんといたします。必要経費に関しましても、別途実費をお支払いいたします」

喉の奥から、自分の声とは思えないけもののような声が出た。

人を金で釣ろうとするとは。

金なんか、あればあるほどいいに決まっているではないか。

しかも、改めて考えてみるまでもなく、私が仕事らしい仕事をせずともこうして安穏と暮らしていられるのは、ほかならぬ織原純一郎がくれたバイオソニック株のお蔭である。

純一郎とは、大学、大学院と同じ研究室にいて、いわゆる「同じ釜の飯を食った仲間」だ。大学院の最終年には、純一郎と共同で初めての特許を取り、純一郎のバイオソニック起業を密かに手伝いもした。

純一郎の私生活についても、その意外に生真面目な性格や、サーフィン、ネットゲーム、クルマといった趣味、そして過去から現在に至るまでの女性遍歴、それらをほぼ余すところなく知っている。

妻子が亡くなり勤めていた乳業メーカーを辞めてしまうと、私には人との付き合いというものがめっきりなくなったが、そんな中、純一郎はほぼ唯一の友達と言ってよい人物だった。

それに、外にいれば、これ以上「アポなしアポ電強盗」に襲われる心配もない。

私は覚悟を決めた。

「分かりました、引き受けましょう」

「それはありがたい」牧村がほっとしたように言った。

「ただし、ひとつ条件があります」私は慌てて付け加えた。

「条件？」牧村が不安そうに言った。

「先ほどあなた自身がおっしゃったことです」私は言った。「私には人を探した経験がない。ですからだれか専門家のサポートが欲しいのです」

「専門家？」牧村が当惑した口調で言った。「たとえば探偵のような？」

「そうです」私は答えた。「おまけに私は車の運転ができない。純一郎をあちこち探すとなると、ドライバーも要ります」

かつては自分で車を運転したし、今も免許証は持っている。だがある日を境に車の運転ができなくなった。

「探偵兼ドライバーということですね……」

牧村が、自分自身に念を押すかのように言った。

牧村のネットワークをもってしても、信用できる探偵を一日二日で見つけるのは難しいかも知れない。だが私としても、できもしないことを軽々に引き受けるわけにはいかなかった。牧村がどう言い繕ったところで、所詮私はただのバイオハッカーに過ぎない。

「どうですか？」

「多少、心当たりがあります。仕事を引き受けられるかどうか、当人に確認してみましょう」

「ありがたい。それならば純一郎を見つけられるかも知れない」

手始めに、純一郎の新しい恋人のところから当たるつもりだった。

「臨時取締役会の招集通知は今日発出されました」牧村が言った。「泣いても笑っても、一週間後にはこの件の帰趨は決しているはずです。私があなたに差しあげられる時間は、実質六日しかありません」

無事に純一郎を見つけ出して取締役会に出席させられればよし、さもなければ、純一郎がバイオソニックから放逐されるのを座して眺めることになる。

タイムトライアルの開始だった。

「サポート人材の件は、分かり次第改めてご連絡いたします」

牧村は、そう言って電話を切った。

私は持っていたスマートフォンで、そのまま純一郎に電話を掛けてみた。

だが三回掛けて三回とも、電話はすぐに留守番電話になった。恐らく電源を落としているせいだろう。確かにこれでは純一郎を捕まえようがない。

念のため、純一郎に、「姿を消している場合じゃない。このままだとバイオソニックを河原崎誠一に乗っ取られるぞ。至急連絡を請う」と書いてＬＩＮＥした。

読んでくれるといいのだが。

部屋のインターホンが鳴り、今度は壁のモニタで相手をちゃんと確認した。

ランデリの緑のユニフォームを着た女性が立っていた。マンションのエントランスを開け、玄関でディナー便を受け取ってリビングに戻った。

『とんかつ喜国』の「上ひれかつ定食」を食べながら、今度の件について考えた。

純一郎が会社からパージされ、河原崎誠一が新ＣＥＯに就任したとする。

そうなった場合、河原崎がこれまで通りの株主政策や配当政策を維持するという保証はどこにもない。

河原崎は第三者割当増資などによって株式を希薄化するかも知れないし、配当政策を変更し、配当を減らして株価の上昇を目指すかも知れない。あるいはＭＢＯ（経営陣買収）を画策して、上場廃止に動くという可能性もある。

なにが起こるか、まったく予測が立たない。

してみると、純一郎を見つけられるかどうかは、実は私自身の安定した生活を守り切れるかどうかの問題でもあった。

マルボロの箱を手に、気分転換にベランダに出た。

七月の東京は連日猛暑日が続き、観測開始以来の新記録を打ち立てたそうだ。八月に入ってもその余波は続いており、この夜も予報は熱帯夜で、風はそよとも吹かなかった。

ベランダの手すりに両の前腕を置き、煙草の煙を宙に吐いた。見渡すと心なしか街の明かりがいつもより暗いように感じた。

二本目の煙草に火を点けたとき、電話が掛かってきた。義妹のまりえからだった。きれいな夜空を見上げながら、電話に出た。

「よお」私は言った。「いま家か？」

右手首にはめたスマートウォッチを見た。

時刻は七時半になろうとしていた。

「今日は夜勤なの。さっき休憩に入ったところで、いまは休憩スペース」

まりえは二年前に死んだ妻の妹で、東北の某地方都市で看護師をしている。

妻が死んだあと、職業柄か、私の健康状態を心配して、ときどきこうして様子見の電話を私に掛けてきてくれる。

「医者も看護師も大忙しだな」

電話の向こうで、なにか飲み物を啜るような音がした。

「そうでもないわよ」

まりえが、のんしゃらんな調子で言った。

「うちの市では感染者はまだひとりも出ていないから。ただ衛生管理が凄く厳しくなったから、そっちの対応の方が大変」

病院でクラスターでも発生しようものなら、鬼の首でも取ったかのようにマスコミから袋叩きにされる。命がけで働いている人間に対する仕打ちとは到底思えない所業だ。

「ごはん、ちゃんと食べてるの?」

まりえのおせっかいに苦笑した。

「最近は便利だぞ。コロナ禍の真っただ中でも、いろんな食事をデリバリーしてくれるんだ」

「そんなんじゃ、栄養偏っちゃうじゃないの」

まりえが怒ったように言った。

テーブルにつかえるほど腹がダブついてきた話など、とてもまりえにはできそうにない。まりえは死んだ妻と似て器量は悪くないのだが、妻よりも性格がきつい。

「くだもの送っといたから」

「そいつはありがたい」

田舎から果物を送るなど、お取り寄せ全盛の昨今では時代錯誤も甚だしい。

だが、気は心と言う。まりえがそうして送ってくれるものを、いつも感謝して食べさせてもらっている。

「お姉ちゃんの三回忌なんだけど、どうする?」

「あ」

「やっぱり」

まりえが呆れたように言った。

「もう、しっかりしてよ」

やんぬるかな、妻と娘の三回忌のことをすっかり忘れていた。

なにもかもなかったことにしてしまいたい。そういう思いがいまだに胸の内のどこかに残っているからかも知れない。

「悪いけど、またそっちで頼めないかな?」

一周忌は妻の実家でやった。

私には係累がなく、妻には多くの親戚があった。だから私が法事を主催するのは、あまり現実に即していない。

「いいわよ」まりえが言った。「十一月、まずい日とかある?」

「いや、いまのところいつでも空いている」

どうせぶらぶらしているだけだ。

空いているも閉まっているも、ない。

「じゃ、こっちで仮の日程候補を決めて、それからまた連絡するね」

「分かった」

電話越しに、遠くからまりえの苗字を呼ぶ声と、まりえがそれに応える声が聞こえた。

「ごめん、呼ばれちゃった。じゃ、また電話するね」

それだけ言うと、私に礼も言わせず、まりえは慌ただしく電話を切った。

その途端、また手元のスマートフォンが震え始めた。

　今度は牧村からだった。

「探偵兼ドライバーが手配できました。きっとご期待に添えると思います。明日の午前中にご自宅に伺わせますよ」

「分かりました」

「では、もう遅いので今日はこれで」

　牧村は、電話を切った。

　私は星空に向かって、煙の輪をいくつも作って吐いた。

　遠くから自転車のブレーキが軋む音が聞こえた。それに反応して犬が数回吠(ほ)えた。近くに人の気配は感じられなかった。

　昼間見た科学番組によると、最近になって、火星の地下に大量の水、つまり湖があることが分かったそうだ。

　驚くべき話である。

　火星の地底湖には、たくさんの魚が泳いでいるかも知れないという。

第二章　漆黒のヘラクレス、ポルシェを駆る

部屋のインターホンが鳴った。時計を見ると、前日と同じほぼ十一時で、デジャ・ヴュに全身が緊張した。

いくらなんでも、二日続けて同じ時間、同じ家に強盗に入る馬鹿はいないだろうが、犯人はまだ捕まっていない。それに今日は、昨日とは別人のアポなしアポ電強盗かも知れない。パラノイア染みてはいるが、可能性はゼロとは言えない。警官から指摘されたように、きちんと相手を確認するに如くはないのだ。

私は飲みかけのコーヒーマグを置いて立ち上がり、インターホンのモニタに近づいた。その途中、「トイレの常備武器」をまだ買っていなかったことを思い出した。

インターホンのモニタ画面に映った人物は、ランデリのユニフォームは着ていなかった。ランデリのデリバリーバッグも持っていなかった。映っていたのは、カメラから頭部が見切れるほど大柄な男だ。

「どちらさまですか?」

そう尋ねると、男が、背中を丸めるようにしてカメラを覗き込んだ。その姿を見て、ギョッとした。

真っ黒なサングラスに、真っ黒なマスク、おまけに肌の色までが真っ黒だ。繁華街で出会ったら、絶対に関わり合いになりたくないタイプの人間である。

「マキムラさんから言われて来ました」

男は、丁寧で流暢（りゅうちょう）な日本語でそう答え、サングラスとマスクを外し、カメラに向かって白い歯を見せてニカっと笑った。いわゆるｇｒｉｎというやつだが、黒人男性がこれをやると物凄い迫力である。

「そのまま少々お待ちください」

男に子供の頃に見たエレベータガールのようなことを言い、一旦モニタ画面と音声通話を切った。

すぐに牧村に電話した。

牧村は、二度のコール音のあとで電話に出た。

「探偵、そちらに着きましたか？」

「いまエントランスの外にいます」

「エントランスの外？」

牧村は状況が飲み込めないのか、困惑しているようだった。

「魔人ですよ」牧村の困惑を無視して続けた。「一見すると、アフリカ某国の反乱軍の民兵、ないしはニューヨークのギャング、あるいは西海岸のヤバめのヒップホップミュージシャン、そのうちのいずれかであるように見えます。あれは最低でも三人は殺している」

「間違いありません」牧村が、笑いを含んだ声で言った。「クロード・カカウです。その男が私の送った探偵です」

「どういうつもりですか?」自分の声が険を帯びているのが分かった。

「だめですか?」

「だめもなにも、あの人、日本語が話せるんですか?」

「日本語はぺらぺらですよ」

確かにちょっと聞いただけだが、日本人となんら遜色のない流暢な日本語だった。

「日本での探偵免許は?」

私は感情を抑え、できるだけ平静を装った。

「免許など必要ありません」牧村が、驚くほどあっさりと言った。

「免許は要らないですって?」呆れて言い返した。「それで探偵と言えますか?」

「なにか大きな誤解をされているようですね」牧村が咳払いをした。「そもそも日本には探偵免許などという制度はありませんよ」

「え?」私は虚を衝かれた。「そんな馬鹿な話がありますか。それでは日本で探偵を名乗っている個人も会社もすべて単なる自称、ということになってしまいます」

「その通り、すべて単なる自称ですよ」牧村が言った。

愕然（がくぜん）とした。世の中にある探偵事務所が、あろうことかすべて単なる「自称」に過ぎなかったとは。

「そんなことより、重要なのは彼の探偵としての能力じゃないですか？」

牧村は本質論を突き付けてきた。

「あんな目立つ男に」牧村から主張を次々に覆され、やや動揺していた。「人目をはばかる探偵の仕事が務まるとは到底思えません」

「織原は奥さんの素行調査に彼を使ったのです。裁判で使える浮気の証拠写真を、きちんと押さえてきました。探偵としての腕前は私が保証しますよ」

「あんな形（なり）では、尾行も変装もすぐにバレてしまう」私はなおも食い下がった。

「私の言うことが信じられませんか？」牧村は溜息を吐いた。

「尤もあそこまで目立つ肌の色や体格だと、確かに彼に探偵業がつとまるのは、黒人など珍しくもない、東京のような大都会だけかも知れませんね」

「でしょう？」

「ですが、そもそも――」牧村は冷静だった。「織原を探すのに、尾行や変装が必要なんですか？」

喉の奥から、「むう」ということばにならない唸り声が出た。

「我々には時間がありません。こうしている間にも、刻一刻とその貴重な時間が失われている。弊社や織原のことをよく知っていてわざわざ一からオリエンテーションする必要がなく、秘密を守れるかどうかの心配もない人間。そういう人間にしか、この仕事を頼むことはできないのです」

有名な警備会社と守秘義務契約を交わし、調査員に詳細なインストラクションを与えて時間を掛けて調査する。そうしたことも牧村ならば可能だろう。だが牧村の言うように、私たちには時間がなかった。

「分かりました」しぶしぶ了承した。

「分かっていただけてなによりです。それと——」

牧村はほっとしたように言い、それから思い出したように付け加えた。

「毎日夜七時から八時の間に、電話で私に状況報告をしていただきたいのですが」

「承知しました」

雇い主としては、当然の要求だ。

「その時間以外でも、なにかあったら遠慮なくご連絡ください」

牧村は、そう言って電話を切った。

すでに十分以上、男をエントランスの外で待たせていた。

私は部屋の鍵を取り上げ、マスクをしてサンダルをつっかけ、家の玄関を出た。

一階に着いて、エレベータの中から遠目にエントランスを見ると、大男が手持無沙汰な様子で突っ立っていた。

「こんにちは」

エントランスの自動ドアから外に出て、マスクを外して大男に顔を見せた。

男は、すらりとしていたが、両腕は太く、白無地のTシャツの下の胸筋が隆々と盛り上がっていた。漆黒のヘラクレス、という言葉が脳裏に浮かんだ。下は今風のダメージド・ジーンズを穿いている。歳がいくつなのか、見た目からはまったく推測が立たなかった。長く待たされたためか、男は額に玉の汗を浮かべていた。

「どうも」

男は、倍音豊かなバリトンの声で言うと、マスクを外し、先ほどモニタ越しに見せたのと同じように、白い歯を見せて笑った。サングラスはしたままだったので、ぞっとするような、異様な迫力があった。サングラスを外すと、その下から、眠たそうな、それでいてどこか愛嬌（あいきょう）のある目が現れた。

「取り敢えずうちに来てください」

そう言ってふたりでエレベーターに乗り込み、男を家に案内した。

私から言われるまでもなく、男は玄関できちんと靴を脱いでから室内に上がった。リビングまで先に廊下を歩かせると、頭が今にも天井にくっつきそうだった。

「そこへお座りください」

大男にリビングのソファを勧め、無意識に揉み手をしながら、

「飲み物はコーヒーでいいですか、それとも何か別のもの?」

と尋ねた。

「コーイー、お願いします」

男は、コーヒーをコーイーと発音した。

ソファに座っているというのに、手足が長いせいで、俗に「体育座り」と言われる、膝を抱えて座る格好に見えた。

キッチンに行き、待たせないよう、いつもは使わないエスプレッソマシンで二人分のコーヒーを淹れた。カップ二脚分のコーヒーをリビングに運び、丸椅子を引き寄せて男の斜め向かいに腰を下ろした。

「お名前はなんと言いますか?」

日本語の文法に則(のっと)り、しかし敬語は丁寧語だけを使って男に尋ねた。

「クロード・カカウと言います」

男はマスクを顎(あご)までずらし、旨(うま)そうにコーヒーを啜った。

「日本にはどれぐらい住んでいるのですか?」

「かれこれ二十年になります」

「そんなに長いこと住んでいるんですか？」

「十四歳のとき日本に来て、日本の中学、高校、大学を出ました」

カカウは、そう言ってニヤリと笑った。

日本語がぺらぺらのはずだ。海外よりも日本での暮らしの方が長いのだ。

「日本で大学まで出たんですね」私は多少緊張を解いた。

十四歳で来日してそれから二十年ということは、最も若い場合でも、齢は三十四歳ということになる。自分より年上か年下か微妙なところだ。

「私は、日本人と接しているつもりでいいってことですね？」カカウに確認した。

「もちろん」カカウが答えた。「私は国籍も日本です」

「日本国籍を持っているんですか？」少しびっくりして、聞き返した。

要するに、カカウは名実ともに日本人なのだ。

「きっと齢は同じぐらいでしょう」私は提案した。「肩が凝るから、これからはお互いタメ口でいきませんか。あなたのことはカカウと呼び捨てにしますが、それでいいですか？」

「いいよ」カカウは、途端に砕けたことば遣(づか)いになった。「こっちはあんたのことをなんて呼べばいい？」

「そうだな」一瞬考えてから、言った。「Qでいいや」

「Q?」カカウは怪訝そうな顔をした。「アルファベットのか?」

「そうだ。みんなそう呼ぶんだ」

本当は私がそう呼ばせているのだが、それ以上突っ込まれたくなかったので、カップを手に立ち上がり、

「コーヒーのお替りは要るか?」

と、カカウにきいた。

カカウがもう一杯欲しがったので、そのままキッチンへ行き、今度はいつものマシンを使ってふたり分のキリマンジャロを落とした。

日本で大学まで出たことから考えると、カカウの父親は母国のエリートで、外交官や政府職員などの高給取りに違いない。だが初対面であまり立ち入ったことまできくのは、さすがにためらわれた。

ふたり分のコーヒーを手に再びリビングに戻り、丸椅子に腰を下ろした。

「念のために確認しておきたいんだが」私は言った。「仕事の内容について、牧村さんからはなんて聞いてる?」

牧村がすべての事実を伝えているとは思えなかった。だから、カカウがどこまでの事実を知らされているのか、知っておく必要があった。

「イデから聞いた内容は至ってシンプルだ」

イデ、とは、牧村「秀明」の「ヒデ」が訛ったものだろう。

カカウは続けた。

「重役のカワラザキがジュンイチロー下ろしを画策している。それを止めるため、一週間後の臨時取締役会までに、失踪中のジュンイチローを見つけなければならない」

「驚いたな」思わず本音が口を衝いた。

「なにが？」

「おれが聞いた内容と寸分の違いもない」

「だったら、驚くことないじゃないか」

「あんた、ずいぶんと牧村さんから信頼されているんだな？」

「当然だ」カカウが嘯いた。「で、どこから探す？」

時間は限られていた。だから、可能性の最も高そうなところから訪問するに如くはない。

「あいつの今の彼女のところからにしようと思っている。しかし……」私はスマートフォンを弄んだ。「実は、電話番号も住んでいるところも知らないんだ」

日向美咲とは、二言三言ことばを交わしたことがあるだけだった。それも、純一郎と日向美咲が付き合い始める前のことだ。

「日向美咲のことを言っているのか？」

カカウは、例によって「日向」を「ユウガ」と発音しながら言った。

「どうしてその名前を知ってるんだ?」

「おれは探偵だぜ」

カカウはニカっと笑うと、二つ折りのメモ紙を右手の人差指と中指の間に挟んで、私に差し出した。メモを開くと、日向美咲の携帯の番号と住所が手書きの文字で記されていた。

「驚いたな」

牧村が言ったように、カカウは本当に優れた探偵なのかも知れない。

「こういうの、日本のことわざでなんとかって言うだろ?」

「なんとか?」

「エビが出てくる、日本のことわざだよ」

「海老(えび)?」

私はしばらく考えてから、言った。

「海老で鯛(たい)を釣る、か?」

なにが海老でなにが鯛なのやら、まったく分からない。だが、海老が出てくる日本のことわざで私が知っているのは、それぐらいだ。

「違うよ」カカウがイラついたように言った。「エビだよ、エビ。コブラとかの」

「ああ」ようやく分かった。「蛇(じゃ)の道は蛇(へび)のことか?」

「そうそう、エビ、エビ」

カカウは流暢な日本語を話したが、このHの発音がらみだけは聞いて分かるまで時間が掛かりそうだった。発音の特徴から推して、カカウは恐らくフランス語圏アフリカ国家の出身だろう。

「ユーコの浮気調査を頼まれたとき」カカウが続けた。「併せてジュンイチローの行動も調べておいたんだ。いざというとき、自分の身は自分で守らなくちゃならんからな」

「そうか」

生返事をして、スマートフォンのキーパッドに七桁の携帯番号を打ち込んだ。

「なにをやってる?」

カカウが私の手元を覗き込んだ。

「電話して、アポを取る」

そう答えてスマートフォンを耳に当てると、カカウが、慌てたように私の手からそれをひったくった。

「なにをするんだ?」

呆気に取られた。

カカウは、電話を切ろうとどこかのアイコンをタップしながら、

「アポなんか取ったら、ジュンイチローに逃げられちまうじゃないか」

と、言った。

確かにカカウの言う通りだったが、こちらとしても引っ込みがつかない。

「じゃ、どうしろって言うんだよ？」

「こういうときはいきなり行くんだよ」

「相手が家にいるかどうかも分からないんだぞ」

「ほかに道はないね」

カカウは、そう言って肩をすくめた。

ほとんど知らない相手だから、普通ならばアポイントメントを取ってから訪ねるのが礼儀というものだろう。

だがそうすると、仮に純一郎が日向美咲宅にいたとしても、追いかけられる理由を知らない純一郎が警戒して逃げ出す可能性があった。ましてや離婚調停中に恋人の家にいるのだから、なおさらだろう。

「それほど無茶な話でもないぜ」カカウが言った。「コロナの影響でみんなステイホーム中だ。テレビ番組も、主流はタレント在宅でのリモート収録だ。いきなり訪ねたとしても、昼間から日向美咲が家にいる可能性はかなり高い」

日向美咲は、キー局を辞めて独立した売れっ子のフリーアナウンサーだ。

いくつもの出演番組を抱えているが、コロナ禍のため通常形態の番組収録はできなくなっているはずだ。空振りに終わるかも知れないが、美咲の家を突撃訪問して、ふたり同時につかまえる以外に方法はなさそうだった。

確かに蛇の道は蛇だ。

ここはカカウの言うことに素直に従うべきだろう。

空気は、灼熱（しゃくねつ）し、湿気が酷かった。

しばらくぶりに出た娑婆（しゃば）は、単なる真夏の屋外にしか過ぎず、私にはなんの感慨も湧かなかった。

カカウとふたり、マンションの来客用の駐車スペースまで、コンクリート舗装された短い坂を上っていった。ただそれだけのことなのに、脇の下にじっとりと汗が滲（にじ）んだ。コロナとは無縁の夏蟬（なつぜみ）が、夏の午後をここぞとばかりに鳴き込めていた。早くもエアコンディショニングされた室内が恋しくなった。

「そんな格好で暑くないのか？」

カカウが、妖怪でも見るような眼で私を見た。

「もちろん、暑いよ」

私は、白いワイシャツの上に麻のジャケット、コットンのパンツを穿いていた。

バイオハッカーだってＴＰＯぐらいは弁（わきま）える。それほど親しくない人と会うのに、Ｔシャツにジーンズ姿では信用してもらえまい。

駐車スペースに着くと、カカウが一台の車のドアに手を掛けた。

「この車はあまり好きじゃないんだ」

私は顔を顰めたが、カカウはただ肩をすくめただけだった。

クルマ好きの純一郎は、かつてこれと似たような形をしたポルシェに乗っていた。助手席に乗せられたことがあるのだが、そのときはあまりの騒音に閉口した。

純一郎はその車を自分でメンテナンスするほど大事にし、しばらく乗り回していたが、あるときスピードの出し過ぎでカーブを曲がり切れず、対向車のトラックと正面衝突した。左ハンドルだったから良かったようなものの、右ハンドルだったら確実に命を落としていただろう。

純一郎の事故のあとしばらくして、今度は私の妻が運転していた車に、センターラインをオーバーした長距離トラックが突っ込んできた。その事故で、私は妻と一人娘を失った。それ以来私は車の運転席に座ることができない。目眩(めまい)と吐き気が止まらなくなるのだ。

助手席側のドアを開け、赤い本革製のシートに座った。身体が地面につきそうなほど沈み込み、思わず「うわ」と声が出た。

「座り心地もよくない」運転席のカカウに嫌味を言った。

「でも、速いぜ」

カカウは「はやい」を「アヤイ」と発音した。黒いマスクの下で、きっとニヤニヤしていたはずだ。

カカウが、大袈裟(おおげさ)なキーホルダーについたキーを差し込んで、エンジンを掛けた。

ポルシェ特有の、低くてやかましい、猛獣の唸り声のようなエンジン音が轟き始めた。その中に、小さなバックファイアのようなポンポンという音が不規則に混じっていた。

「この車、ちゃんと整備してるか？」無意識のうちに、ダッシュボードを手で押さえていた。

「なんでだ？」

「エンジン音がおかしい」

「こいつは９１１最後の水平六気筒エンジンだ。水平六気筒の音ってのは大抵こんな感じだぜ」

「ほんとかよ？」

カカウが、「あああ」と聞こえる、不思議な響きの笑い声を立てた。

ポルシェは二十年落ちだという。そう聞いて、ますます不安が募った。

「これを見ると――」気を取り直して、カカウから渡されたメモを見ながら言った。

「住所は日本橋だが目印としては水天宮だな。まずはＴキャットに行こう」

「なんだ、それ？」

カカウは自分のスマートフォンに場所を入力しようとして、手を止めた。

「箱崎にある、空港行きリムジンバスの発着場だよ」

「なんだ、あそこのことか。なんでそんなところに行くんだ？」

「駐車場もあるし、日向美咲のマンションも近い。それにあそこの二階には、東京一うまい担々麺を食わせる店がある」

ランデリのランチ便が届いたのだが、カカウと一緒だったので食べずに家を出てきてしまった。

「担々麺、いいね」

カカウは嬉しそうにそう言い、地図入力を終えたスマートフォンを、自分でダッシュボードに据え付けたと思しきホルダにセットした。

すると、車内に、スマートフォンに格納されていた楽曲のイントロが流れ始めた。アーシーで情緒的な、四七抜き音階で構成された楽曲だった。東欧、それもハンガリーあたりの音楽ではないか、と推測した。

「これはどこの国の音楽だ？」

「なんだ、聞いたことないのか？」カカウは呆れたという顔をした。

「八代亜紀だよ」

まもなくハスキーな女声の、日本語の歌が流れ始めた。

自宅マンション前の坂をゆるゆると下っている途中、大きなゴミ袋を下げて歩いている三十代の男性を追い抜いた。通常ならばオフィスにいる時間だろう。

尻手黒川道路に突き当たるまで、くねった坂をゆっくりとポルシェは降りていった。カカウは存外安全運転だったので、内心ほっとした。

市電通りを抜け首都高速横羽線に乗ったが、コロナの影響か、思いのほか道は空いていた。Tキャットには三十分足らずで到着し、そばの駐車場もガラガラで、さしたる苦労もなく簡単に車を駐めることができた。リフラフマップによれば、美咲の住むマンションはそこから徒歩で五分ほどの距離だった。

　私たちが入ろうとしていた中華料理店はたいへんな人気店で、普段ならば昼時はたいてい待たされるのだが、この日は客もまばらで、すぐに丸テーブルの一角に案内された。

　店員はカカウの風体に驚くことはなく、ごく自然になんでもない風に対応した。牧村の言った通り、東京ではさほど目立つ存在ではないのかも知れない。

「禁煙だ」煙草を取り出そうとしたカカウに、釘を刺した。

「東京でもやっぱり駄目か」

　カカウは、革製の小さなバッグから取り出しかけた煙草を元に戻した。

「なんだ、そのバッグは？」

「おしゃれだろ」カカウが自慢げに言った。「八〇年代に流行(はや)ったらしいが、最近またこれがキテるんだ」

「おしゃれ？」私は眉(まゆ)を顰(ひそ)めた。「集金カバンみたいだ。第一、そんなサイズじゃほとんど物が入らないじゃないか」

　店員が注文を取りに来た。カカウには珍しい海老担々麺を勧め、私は好物の肉担々麺を頼んだ。二人ともサービスの小ライスを付けてもらった。

　周りのテーブルに客はいなかった。「三密」と言われる状態を回避するためだろう、店側が意図的に客を離して座らせていた。おかげで機密保持に気を遣う必要はあまりなさそうだった。カカウは音を立てて熱い茶を啜り、担々麺が運ばれてくると、上手に箸を使って麺を啜った。

「箸を使うのがうまいな」

カカウの箸使いは、平均的な日本人と比べても遜色がなかった。

「来たばかりの頃は、よく箸を床に落としたよ」

例によって「箸」を「アシ」と発音し、ひょいと肩をすくめた。

「麺を啜るとなると、箸よりもっと大変なんだ」私は言った。「麺を啜るというのはかなり高度な食技術らしくて、五、六歳までに身につけないと一生できないと言われている」

「そうか。おれは十四歳からだが、簡単にできたぜ」カカウは、軽やかに音を立てて麺を啜った。

「あんたは人類の例外だよ」私はそう言い、続けて何気なくきいた。「ところであんた、親兄弟は？」

箸が麺を挟んだまま空中で止まり、カカウの顔から表情が消えた。

「それについては話したくない」

私はカカウの目をしばらく見つめたあと、黙って頷いた。

カカウは両親か兄弟姉妹と、なんらかの確執を抱えているのかも知れない。

そのあとは、ふたりとも無言のまま食事を終えた。

「さてと」カカウが陽気な態度に戻って言った。「その辺でお茶でもしようぜ」

すぐ近所に、チェーン系の喫茶店があった。

平日の昼休みは座る席がないほど混んでいるはずなのだが、やはり客はまばらだった。喫煙席には、スーツ姿のサラリーマン二人と、熱心に本を読んでいる若い女性客がひとりいるだけだった。

カカウは、例のダサいバッグからジタンのボックスを取り出し、テーブルの上に置いた。座っていても、カカウは私より優に頭ひとつ大きい。私も取り出したマルボロに火を点け、日向美咲について知っていることをカカウとシェアした。

私が日向美咲について知っているのは、元やまとテレビのフリーアナウンサーで、局アナもフリーアナもひっくるめた女子アナ全体で常に人気ランキングのベスト10内にいる、という程度のことだった。

「いまは『あざとカワイイ』ブームだとかで、人気最高潮だそうだ」カカウは長い足を組み直し、シニカルな口調で言った。

「悪い噂は?」ブレンドコーヒーを啜って、カカウにきいた。

「強いて言えば、男だな」カカウが言った。「いつもだれかしらの有名人と噂になっている」

「たとえば、どんな?」

「お笑い芸人のN、若手俳優のT、大臣の御曹司のF」

スキャンダル女王日向美咲の次なるお相手が、青年実業家織原純一郎というわけか。

「青年実業家」は、踏み台としてはまずまずの人選だし、彼氏コレクションのバリエーションとしても、是非とも入れておきたいマストアイテムのひとつだろう。純一郎には気の毒だが、前歴から考えて、美咲から棄てられるのは時間の問題ではないかと思われた。

「悪い噂というほどではないな」私は言った。「反社との付き合いや薬物疑惑は？」

カカウの表情がわずかに動いた。

「大酒飲みらしいが」カカウが答えた。「クスリの噂は出ていない。反社との付き合いの噂もないが、ああいう業界だ、いつなんどき過去が暴かれても不思議ではない。昔は興行主として、当たり前に付き合いがあったわけだから」

「性格は？」

「自己主張が強く、自分の権利と他人の義務にうるさいタイプだと言われている」カカウが、二本目のジタンに火を点けた。「まあ、一言でいえばキツい性格ってことだな」

昔から、純一郎の好みのタイプだ。

「日向美咲と直接会ったことはあるのか？」

「あるわけないだろう」カカウが呆れたという表情をした。「調査対象者と直に接触したら、ややこしいことになる」

「それもそうか」なぜかほっとした。「美咲があんたを見て驚くといけないから、おれひとりで会う方がいいな」

「オーケイ。おれは車で待ってるよ」

Ｔキャットの正面入口でカカウと別れた。

かつて一度だけ、純一郎が主宰するくだらないパーティで日向美咲に会ったことがある。純一郎から友人として美咲に紹介され、二言、三言他愛もない会話を交わした。

私のことを覚えていてくれればよいのだが。

第三章　あざとカワイイ女王は天然色

スマートフォンの地図を見ながら、美咲のマンションに徒歩で向かった。都心の真ん中だというのに、あたりには蟬の声がした。

ふと、仕事で真夏の北京(ペキン)に行ったときのことを思い出した。天安門広場の前を歩いているとき、過去に感じたことのないような違和感を覚えた。なぜだろうと考えを巡らしてみたのだが、その違和感の正体は分からなかった。

北京オフィスでの打合せを済ませ、外に出て大通り脇の大木のそばを通り掛かったとき、ようやく件(くだん)の違和感の正体が分かった。緑はそこらじゅうに溢(あふ)れているというのに、蟬の鳴き声がまったく聞こえなかったのだ。あれがいったいどういう理由によるものなのか、未だに分からないでいる。

美咲の住むマンションには立派な車回しがついていた。一部屋の値段は、恐らく億を越えているだろう。純一郎は、「利殖で買ったマンションに彼女を住まわせている」と言っていた。このマンションが恐らくそれなのだろう。

車回しを横切り、イヌマキの植込みの脇を歩いてエントランスに向かった。目の前に聳（そび）えるタワーマンションを見上げて思った。

もしかすると、このマンションは純一郎の隠し財産なのではないだろうか？

純一郎の離婚話には、やがて財産分与の問題が持ち上がるだろう。このマンションが優子に捕捉されれば、当然財産分与の対象となる。純一郎は金遣いが荒い。ひと月に数百万も飲み食いすることはざらだ。純一郎は、妻の優子に分からないよう小分けにして美咲に現金を渡し、それを使って美咲にこのマンションを買わせたのではないか？

そう考えると、白金のマンションを出たあと、純一郎が敢えて賃貸マンションを借りたことにも説明がついた。純一郎は、このマンションの存在を優子に知られたくなかったということだ。

外と内とが透明な分厚いガラスで仕切られた、エントランスのインターホン前まで来た。私は、上着の左右の裾をぴんと下にひっぱり、カカウに教えられた通り５１２号室の番号を押して、中からの返事を待った。

しばらくすると、ノイズの混じった声がただ「はい」とだけ応答した。

私は大きく息を吸い込み、マイクに向かって、

「Ｑと申します。えー、私は純一郎の友人でして」

と言った。

慣れない仕事のせいか、初手からしどろもどろになった。

「どなたですって?」

美咲の声には、明らかに警戒の響きがあった。

芸能人で、極秘にしている彼氏がいて、その彼氏の友人を名乗る男がアポもなく突然訪ねてきたのだ。だれだって警戒する。

「前にパーティの席で、純一郎から日向さんを紹介して頂きまして」

インターホンのマイクに身を屈(かが)めて、会場がどこで、美咲、純一郎、私、私の妻の四人で、そのときどんな内容の話をしたか、会場でどんなことがあったか、覚えている限りのエピソードを、微に入り細を穿(うが)って描写した。

「ああ、思い出した。なんとかハッカーの?」

美咲の声が、急に明るくなった気がした。

「です、です。そのなんとかハッカーのQと言います」

私のパーティシーンの描写は、ドストエフスキーもびっくりの写実性だったに違いない。

「で、そのハッカーさんがいったいどういうご用?」

私がだれかは分かったが、そうなるとなおさら、私に突然訪ねて来られる筋合いなどないということもまた、はっきりしたわけだ。

「純一郎を探しています」

事前に頭の中でいろいろシミュレーションしてみたのだが、こう言う以外によさそうな方法が見つからなかった。私が純一郎から美咲との関係を聞かされている人間だと察して、信用してくれればよいのだが。

「それで?」

美咲の声が急に硬化したように感じ、私は返事に窮(きゅう)した。

「あいつの離婚にからんで」咄嗟に思いついた出任(でまか)せを言った。「実はちょっと厄介な問題が持ち上がっていまして」

純一郎を探している理由がこれなら、美咲も私を無碍(むげ)には追い返せまい。

「そちらに、純一郎はいないでしょうか?」

猛烈に間抜けな質問だと分かってはいたが、ままよとばかりに美咲にぶつけた。

美咲は答えなかった。

しばらく沈黙が続いた。

「いま、そっちに行きます」

矢庭に美咲が言い、一方的にインターホンを切った。

唖然とするほど急な展開だった。

五分ほどすると、ロビー奥の壁際のエレベータが開いて、中から美咲が出てきた。女性が五分で来られるということは、着衣も整っていたし、化粧も済んでいたということだろう。美咲は、大理石でできたフロアの上を、ゆっくりとこちらに歩いてきた。人から見られることに慣れている女の歩き方だった。

以前会ったときよりも、髪の毛が幾分かロングになっていた。上はラピスラズリ色のノースリーヴ、下には白いタイトスカートを穿き、ジュート色の平べったいパンプスを履いていた。白い、しゃれた形のマスクをしていて顔は見えない。

美咲は、内側からエントランスの自動ドアを開けた。

「こんにちは」

私の前まで来ると、美咲は一時的にマスクを取り一揖した。

「突然押しかけてすいません」私もマスクを取って、美咲に詫(わ)びを言った。

美咲はにっこりと微笑(ほほえ)み、

「午前中にリモートで収録がありましたが、それが終わって一人でお茶を飲んでたところです。暇してたからちょうどよかったわ」

と、言った。

「近所にどこかお話のできる場所はありませんか?」私は美咲にきいた。

「この近くに二、三軒いい感じのカフェがあります。人形町は喫茶店の町ですから」

美咲はそう答え、再びにっこりと笑った。

新型コロナのせいで日本じゅうが精彩を欠いていたのに、彼女からは不思議なバイタリティが伝わってきた。

「じゃ、行きましょう」

美咲はマスクを掛け直してそう言うと、私を先導してマンションを出た。

表通りまでアプローチを歩いているとき、上等そうなスーツを着た三十代の男とすれ違った。その瞬間、マスクで顔の上半分しか見えていないのに、男の顔がぱっと明るくなったのが分かった。男は立ち止まって美咲と話したそうにしたが、美咲は機先を制するように「どうも」と男に声を掛け、そのまま足早に通り過ぎた。

「お知り合いですか？」

「同じマンションの人。きっと時短勤務でいま会社から帰って来たんでしょう」

男たちのそうした反応に慣れているようで、美咲は淡々としていた。

しばらく歩いたあと、美咲が一軒の店の前で立ち止まり、眉間に皺（しわ）を寄せた。

「休みだわ」

オープンテラスを備えたしゃれたカフェには、「本日休業」の貼り紙が出ていた。

その次に訪問した店は、店そのものを畳んでしまったようで、長年お世話になりましたどうもありがとう今日で閉店します、といった趣旨の挨拶状が、閉まっているドアの上に貼られていた。

もしかすると最初に訪れた「本日休業」の店も、再び開店することはないのかも知れない。

歩き回るうち、私たちはいつの間にか甘酒横丁のあたりまで来ていた。腋（わき）の下や背中が汗みずくになった頃、ようやく開いている店が見つかった。中に入ると適度にエアコンが効いており、それでようやく人心地がついた。私たちのほかには客はいなかった。

テーブル席に座を占め、美咲はアイスミルクティーを、私はキリマンジャロをホットで注文した。家族経営のこぢんまりした店だったが、今どき珍しい喫煙可の店だった。煙草を喫いたかったが、美咲がいたので我慢した。私が出不精になったのは、外では自由に煙草が喫えないということも大きな原因のひとつだ。

美咲が、面白い形をしたオレンジ色のハンドバッグを自分の隣の椅子の上に置いた。そのバッグには、顔のように見えるポップアート風のデザインが施されており、上下に二本ずつ手足まで付いていた。美咲はその中から、上に羽織るための薄手のカーディガンと、煙草、ライターを取り出した。

「最近ストレスが溜まっちゃって」マスクを取った美咲が、ライターを手に言い訳をした。「純ちゃんにはナイショですよ」

美咲は、男あしらいが上手な女がよくするように、鼻のところで顔をくしゃっと顰めた。さすが、「あざとカワイイ」タレントの代表選手だ。

「私も喫煙者ですから、大丈夫です」

上着のポケットからマルボロの箱を取り出し、テーブルの上に置いた。

「へえ、いまどき珍しくきついタバコ」

カーディガンを羽織った美咲が、マルボロの赤いパッケージを手に取った。指先には控え目なネイルアートが施してある。

私は曖昧に笑い、箱から一本取り出して火を点けた。

小柄な年配の女性が、二人分の飲み物を席に運んできた。恐らく店主の奥さんだろう。コーヒーは本格的で、カウンターの向こうにサイフォンが三台並び、その前に背筋をぴんと伸ばして蝶ネクタイをした白髪の男性が立っていた。

「テレビの仕事の方は変わりなく？」私は美咲に世間話を振った。

「緊急事態宣言が出た直後は、二週間ぐらいまったく仕事がなかったわ。そのあとリモート収録での制作が復活して、最近はちょくちょく通常の収録もやるようになってる。アクリル板を間に挟んだり、二メートルぐらい距離を取ったりしてだけど」

美咲の口調が砕けたものに変わってきた。

「なるほど」

「純ちゃんを探してるんでしょ？」美咲の方から、ずばりと本題を切り出してきた。

「至急で相談しなければならない案件がありまして」私はあたりをはばかるように声を潜めて、こう付け加えた。「実は、あそこのマンションもちょっと関係があるんです」

カップを持つ美咲の手が空中で一瞬止まった。軽くカマを掛けてみたのだが、美咲は目に見えてそわそわし始めた。

「おっと」

パンツのポケットでスマートフォンが震え始めた。

敢えて美咲に考える時間を与えて疑心暗鬼にさせたいときだったから、まさに絶妙のタイミングだった。

私は「失礼」と断ってスマートフォンを手に席を立ち、少し離れた場所に移動した。美咲が私の姿を目で追っているのが分かった。

「いまどこにいるんだ?」電話はカカウからだった。

「日向美咲と喫茶店にいる」

私は電話の内容を知られたくないという態度を装い、敢えて通話口を手の平で覆って美咲から口元を隠した。

ちらりと盗み見ると、美咲と視線がぶつかった。

「うまく行ってるのか?」カカウが言った。

「美咲のマンションに純一郎がいるかどうかはまだ分からない」

視線を避けたいという体で、美咲に背を向けた。

「まだ時間が掛かりそうだな」

「あと一時間かそこらは掛かるだろうな」

「そうか」カカウが一拍置いた。「ちょっと人と会いたいんだが、その間に済ましちまってもいいかな?」

「別に構わないよ」

そう答え、電話を切った。

美咲に分かるように、その場でひとつ大きな溜息を吐き、席に戻って美咲の向かい側にどさりと腰を下ろした。

「参りました」渋面を作って言った。「純一郎、お宅にお邪魔していませんかね？」

もしもあのマンションが純一郎の隠し財産で、かつそのことを美咲が知っているとしたら――私の思わせぶりな態度から、純一郎が姿を現さなければあの高級マンションを失うことになるかも知れない。

美咲はそう考えるだろう。

「あの部屋に純ちゃんはいないわ」今度は美咲が溜息を吐いた。

「家を出る前に純ちゃんに電話してみたけど、直で留守電になった。ＬＩＮＥもしてみたけどまだ既読にならない。でも彼から二、三日連絡がないなんて、ざらにあることよ」

ふと、思った。

美咲は、純一郎に失踪癖があることを知っているのだろうか？

「あいつのいそうな場所に、どこか心当たりはありませんか？」

美咲は真剣な表情で考え始めた。

店内に、大瀧詠一（おおたきえいいち）の『君は天然色』が流れ始めた。最近ＣＭ音楽に使われてリバイバルした八〇年代のヒット曲だ。

しばらくすると、美咲は沈んだ表情で頭を左右に振った。

「ちょっと思いつかないわ」

「なにか思い出したら、ご連絡をいただけませんか？」

美咲とＬＩＮＥのアカウントを交換した。

外に出たついでだから本屋に寄っていく、という美咲と、水天宮通りで別れた。

歩きながら、美咲との会話について整理してみた。

私には美咲が嘘を吐いているとは思えなかった。純一郎が今すぐ対処しなければ、美咲はあのマンションを失うかも知れないのだ。美咲は純一郎の居場所を本当に知らないと考えるべきだろう。

水天宮通りをＴキャットに向かって戻りながら、八月の東京で屋外を十五分以上歩き続けるなど完全な自殺行為だな、と心底思った。ずっと引きこもっていた身体には、その行為はなおさら堪えた。

Ｔキャットの前に差し掛かったとき、あっ、と思う間もあらばこそ、突然うしろからだれかがぶつかってきて衝撃で車道に飛ばされた。

左からトラックが走ってくるのが、スローモーションのように見えた。

それにしても運が悪い。コロナ騒動で、人通りも少なく交通量も少ない。そんな状況下でトラックに轢かれるとは。

これは、死ぬな。そう確信した次の瞬間、右の前腕部を強い力で摑まれてぐいっと歩道に引き戻された。

振り向くと、カカウが立っていた。

「ひえーっ」

かつて出したこともないような頓狂な声が、自然に口から漏れた。死の危険に遭遇し、大量のアドレナリンがいちどきに放出されたためかも知れない。

「なに、やらかしちゃってるわけ？」カカウが妙なことば遣いをした。

カカウの方も、あわやのシーンを止めた興奮からか、額に汗を浮かべて躁病じみたケタケタという笑い声を上げ始めた。それにつられるように、私もなにかにとり憑かれたように笑い続けた。

「いや、いまのは危なかった。お蔭で命拾いしたよ」

噴き上がる笑いの衝動をかろうじて抑え、私はカカウに礼を言った。

「それで、日向美咲はどうだったんだ？」

カカウは、今にも笑いを暴発させそうな表情をしたまま歩き始めた。

「残念ながら収穫はなしだ。恐らく純一郎は日向美咲のところにはいない」

Tキャット裏手の駐車場に駐めたポルシェにふたりで乗り込んだとき、時刻は午後五時半になろうとしていた。

「これからどうする?」運転席のカカウが言った。

「織原優子を訪ねようと思っていたんだが、これからだと夜に掛かってしまう。さほど親密でもない人物を訪ねるのには、警戒されるだけで適切な時間とは言えない」

「優子は怪しいぞ」

依然として躁状態が続いているのか、カカウは、止まっているポルシェのハンドルをリズミカルに叩きながら言った。「男が殺された場合、一割は配偶者によるものだからな」

「縁起でもないことを言うな」

私が顔を顰めると、カカウは肩をすくめた。

「イデからおまえは科学者だと聞いたが、迷信を信じているのか?」

カカウが相変わらず浮かれた態度で言った。見ること聞くことすべてが楽しそうだった。

「迷信?」カカウの顔を見た。「こういうのは言霊(ことだま)って言うんだ。言霊は心理的に人の行動を縛って、自己実現する。アフリカにだって言霊はあるだろう?」

カカウが、躁病的状態から突然しらふに戻ったように見えた。

「おれは現代人だ。現代人は、たとえアフリカ生まれだろうとコトダマなど信じない」

「現代のコトダマはネットにあるんだ」私は言った。「ネットで自分に向けられた呪詛(じゅそ)のことばを聞いて、それに苦しめられる人々が大勢いる」

「馬鹿な」カカウが言った。「ネット上のことばに人を殺すことなんかできないよ。いくら応援したって、野球の観客が点を取れないのと同じだ」

カカウは、「二十一世紀にもなってコトダマだってよ」と言いながら、運転席でしばらく笑っていた。私は舌打ちをして、「帰ろうぜ」とカカウを促した。

このやり取りから分かったことがひとつあった。カカウはアフリカの出身だということだ。

その夜、自宅で、いつものようにくつろいで某国営放送の科学番組を見ていると、美咲から電話が掛かってきた。

「役に立つかどうか分からないけど」美咲は、単刀直入に用件を話し始めた。

「純ちゃんが、自分専用の研究室を作った、趣味でときどきそこにこもる、って言ってたのをふと思い出したの」

「研究室？」ちょっとした違和感を覚えて、美咲にきき返した。「実験室じゃなくて？」

研究室というのは、書類仕事と打ち合わせの場所である。プライベートラボを作りたいと思う科学者はいても、わざわざ外に事務室を持ちたいと思う科学者などいまい。

「そう、それそれ」

美咲は悪びれもせず言い直した。文科系の人間から見れば、研究室も実験室も大差ないのだろう。

「住所は分かりませんか？」

「マップの検索履歴が、うちにある純ちゃんのパソコンに残ってるはずよ」

「ではお手数ですが、住所と地図をＬＩＮＥの添付ファイルで送ってもらえませんか？」

「明日、うちに来て」

一瞬、なにを言われているのか分からなかった。

「ＬＩＮＥだとなにか問題がありますか？」美咲に改めて確認した。

「問題？」美咲が言った。「あるわよ、もちろん」

美咲は、自分のＬＩＮＥアカウントが何者かに見張られている、と感じているのかも知れない。

芸能人の場合はほんとうにありうる話だ。

「では電子メールの添付ファイルでお願いします。私のメールアドレスは……」

「そういうことじゃなくて」美咲は平然と言った。「明日は仕事がないから、わたしがすごく退屈だからよ。それに、こういう時は、うちまで取りに来るのが礼儀ってもんじゃないかしら？」

唖然として、しばらく二の句が継げなかった。

「来るの、来ないの？」美咲が言った。

「何時に、行けば、いいでしょう、か？」

当て付けがましく区切りを入れて、内心の怒りが美咲に伝わるよう工夫した。

「午前中はリラクゼーションタイムに当てるから、午後二時に来て。それからまたお茶しましょう」

美咲はそう言って、電話を切った。

右手のこぶしを、思い切りソファ前のセンターテーブルに叩きつけた。

美咲には、純一郎が解職の危機にあることを伝えていない。だから美咲に切迫感がないのは仕方ない。

が、それにしても、だ。

カカウに電話して、織原優子を突撃訪問するはずだった翌日の予定を変更した。カカウは驚いた様子も見せず、午後一時に迎えに行く、と私に言った。

気分がくさくさしていたので、キッチンへ行き、ロックグラスに氷を入れて、ラフロイグを指二本分だけ注いだ。人付き合いをすると、これだから嫌なのだ。

グラスの中の氷を上唇で押さえるようにしながら、そのまま一息に飲み干した。氷を入れた意味がほとんどなかった。グラスにもう一杯ウイスキーを注いで、リビングに戻った。

ソファに腰を下ろし、何気なく見ると、スマートフォンにアテンションが入っていた。牧村からだった。その日の業務報告をすっかり失念していた。

「すいません、報告が遅くなりました」牧村に電話して言った。

「ええ」牧村は、苛立ちを抑えているような口調だった。「今後は気を付けてください」

「純一郎の彼女のところに行ってきました」

牧村が電話の向こうで絶句したのが分かった。目の前のテーブルで、グラスの氷がからんと音を立てた。

「織原に恋人がいるのですか?」牧村が呆れたように言った。

妻との離婚問題を抱えているというのに新しい恋人と付き合い始めるなど、スクエアな牧村には到底考えられない行動なのだろう。すでに優子と別居中とは言え、深く探られれば恋人の存在は致命傷になりかねない。

「いったいどういう人ですか?」

「それは勘弁してください」

純一郎のプライバシーについては、たとえ相手が牧村であっても勝手に明かすわけにはいかない。

「まあ、いいでしょう」牧村が咳払いをした。

「聞くまでもないことだとは思いますが、その新しい彼女のところに織原はいなかったのですね?」

牧村は、社外の人間に対しては、CEOの純一郎のことをどんなときも「織原」と呼び捨てにした。

「残念ながら」ラフロイグで唇を湿らせた。「ただ、純一郎がいそうな場所について、新たな情報を聞き出せそうです」

「そうですか」期待のこもった口ぶりだった。

「どうやら、純一郎はどこかに自分専用のプライベートラボを作ったらしいのです。あいつからなにか聞いていませんか？」

「言われてみれば、そんな話を聞いたことがあるような気がします」

「明日の午後、もう一度織原の彼女のところに行ってくるつもりです」

「分かりました。引き続き宜しくお願いします」牧村は電話を切ろうとしたが、思い出したように続けた。

「そう言えば、クロード・カカウはどうです、お役に立っていますか？」

　カカウには、危うく車に轢かれそうになったところを助けてもらった。妻子に続いて自分まで交通事故に遭ったとなると、科学者の弁とは思えない言い草だが、これはもうなにかの祟(たた)りとしか思えない。カカウの能力を完全に信用しているわけではなかったが、かといって牧村に苦情を申し立てるような瑕疵(かし)もなかった。

「いろいろ助けてもらっています」

「そうですか、それならよかった」

　牧村は満足そうに言い、電話を切った。

　録画しておいた科学番組に戻ったが、酒を飲み始めていたせいか内容があまり頭に入ってこなかった。

　美咲は、本気で、「暇だから会いに来い」と言ったのだろうか？　ほかになにか意図があるような気がして仕方がなかった。

翌朝まりえからの荷物が届いた。几帳面な性格を反映して、数種の果実が幾何学的なまでに整然と並んでいた。多少旬を過ぎてはいたが、真っ赤に熟したさくらんぼが透明なプラスティックケースに入っていた。それに、まさに今が旬の桃。そして旬には少し早いが、梨。まりえに「荷物が無事に届いた」とＬＩＮＥし、併せて礼のことばを書いた。

ランデリのオムライスを二日ぶりに食べ、コーヒーを飲んでいると、午後一時きっかりにインターホンが鳴った。私は、ポロシャツにジーンズというラフな格好で家を出た。いろんな意味で、美咲に気を遣う気はまるでなくなっていた。

カカウは、この日も白い無地のＴシャツにジーンズという服装だ。

「まるで舞台衣装だな」私は言った。「ほかに服は持っていないのか？」

「あるよ」カカウが言った。「明日はご期待に沿えるよう、別の服を着て来よう」

マンションの駐車スペースまでの坂道を登りながら、

「今日も水天宮か。おまえ、日向美咲から気に入られたんじゃないか？」

カカウがぞっとするようなことを言った。

「馬鹿を言うな」ドアを開け、ポルシェの助手席に座った。

相変わらず、エンジン音に不規則なクラック音が混じっているような気がしてならなかった。

「この車、整備に出した方がいいと思うぞ」

「大丈夫だって」

カカウは大音量で八代亜紀をかけながら、車を発進させた。

「で、なんて言って呼び出されたんだ？」

東名をしばらく走ったところで、カカウが私にきいた。

「純一郎がいそうな場所を思い出したから、聞きに来いだとさ」

「なんで、昨日行ったときに教えてくれなかったんだ？」

カカウが、ゆったりとハンドルを切りながら言った。この日も天気はよく、東名高速は前日同様がらがらに空いていた。

「おれに教えていいものかどうか、じっくり考えてみたんじゃないか？」

あるいは、ほんとうに夜になってから思い出したか。

「ちょっと怪しくないか？」

カカウが、まっすぐ前を見たまま言った。

「いずれにしても行くしかない」

私もまっすぐ前に視線を据えたまま、言った。

車は用賀から首都高に入り、箱崎の出口を下りて、前日同様にTキャットに向かった。美咲のマンションの近くで、カカウに車から降ろしてもらった。

「駐車違反の取り締まりがあるかも知れない。車から離れない方がいいぞ」

「了解」カカウは運転席で敬礼の真似をした。「しばらくここにいて、あとはその辺をぐるぐる走り回ってるよ」

「しばらくここにいる?」私はきいた。「どうして?」

「門前払いを食らって、戻ってくるかも知れないだろ?」

「わざわざ呼び付けておいてか? いくらなんでもそれはありえないだろう」

だが、ドアを閉めながら、あの女なら充分ありうる話かも知れないと思い直した。車を降りたあと、ポルシェのルーフを軽くぽんぽんと二回叩き、カカウに行っていいと合図した。しかしカカウは動かなかった。

前日同様、エントランスのインターホンで美咲を呼んだ。美咲は、地図を持って降りる、と言った。また熱暑のなか待たされるのかと思うと、げんなりした。

すると、美咲が、

「外は暑いから、ロビーのベンチで座って待ってて。五分で降りるから」

と言って、エントランスの自動ドアを開けてくれた。

助かったという思いでロビーに入ると、空調がほど良く効いていてたいへん快適だった。入って左側に守衛室が据えられており、中にいた守衛からじろりと睨むように見られた。私の僻目(ひがめ)だったかも知れない。

ロビーはテニスコート一面分はあるだろうか、大理石張りで、見上げると六階あたりまで吹き抜けになっている。各階とも、吹き抜け部分を廊下がロの字型に取り囲む、リゾートホテルのような作りになっていた。これを冷やすとなると、たいへんに金が掛かるはずだ。共益費の金額を想像してぞっとした。

入って右側の壁沿いに、背凭れがなく、台のような形をしたシンプルな四人掛けのベンチが一列に四脚並んでいた。間に観葉植物の植栽が据えられている。そのうちのひとつに腰を下ろした。革張りで、軽くクッションが効いており、座り心地はすこぶるよかった。

取り立ててやることもなかったので、スマートフォンを取り出しニュースサイトを眺めた。イスラエルとUAEが国交樹立で合意していた。アラブ圏でイスラエルを認めていたのはこれまではエジプトだけだったから、歴史的な出来事だ。数年後には歴史の教科書に載るだろう。

国内のニュースに目を転じると、お盆の時期、家族に代わり墓参を代行する業者が盛況だそうだ。これもコロナの影響だろう。私も今年のお盆は妻子の墓参りに行くことができず、まりえと義母に頼んだ。

離れたところからピーンという電子音が聞こえた。エレベータの到着音だと思い、スマートフォンを見ながら立ち上がって歩き出した。

その瞬間、背後で物凄い音がした。

思わず首をすくめ、その場に立ちすくんだ。美咲は、エレベータの中で目を見開き、手の平でマスクの上から口を覆った。守衛室からガードマンが血相を変えて飛び出してくるのが見えた。恐る恐る振り返ると、なにか茶色いものがベンチの周りに散乱していた。すぐそばの床には、かなりのサイズまで育ったベンジャミンがながながと横たわっていた。ただ呆然とその光景を眺めた。

「大丈夫？」うしろから美咲の声がした。

「お怪我はありませんか？」守衛が言った。

「ねえ、大丈夫かってきいてるのよ？」

ことばを失って立ち尽くしている私に、美咲がAMラジオのような音質の声でそう繰り返した。目が回って膝から力が抜け、立っていられなくなった。美咲と守衛が身体を支えてくれなければ、倒れたときに床で頭を打っていただろう。いい匂いがして、後頭部と頬が温かく柔らかいものに触れた。それで、美咲に膝枕されているのだと分かった。目を瞑ってみたが、何の甲斐もなかった。世界は、引き続き頭の中でぐるぐると不規則に回転し続けた。めまいというものは、目を瞑ったところでおさまるものではない。そのことをこのとき初めて知った。

ふと目を開けると、目の前に美咲と知らない男の顔があった。私は床に肘をついて上体を支え、低くことばにならない唸り声を上げた。

「五分近く気を失っていました」守衛が言った。「救急車を呼んであります」

「怪我はしていませんから、救急車は結構です」

頭を左右に振って立ち上がった。この程度のことで救急車を呼んだのでは、自衛官だった父親への面目が立たない。

「もうすぐ着きますから」

しゃがみ込んでいた守衛が、心配そうな顔をしたまま私と一緒に立ち上がった。

「とにかく救急車は返してください」私は強い口調で言った。

「立ち上がるのが少しでも遅かったら、植木鉢がこの人を直撃してたわよ」

美咲はそう言って守衛を睨みつけた。

「どうしてこんなことが起きたのか」守衛は狼狽（ろうばい）しているようだった。「どの階も植栽はワイヤでパイプに固定されているので、落ちることなど絶対ないはずなんですが……」

「絶対？」美咲が、物凄い形相で守衛を見据えた。「現にこうして落ちてるじゃないの」

「あ、いや……」

「このことについては、管理会社に対して正式なクレームを入れさせてもらいます」

美咲が、しどろもどろになっている守衛に、断固たる口調で言った。

サイレンの音が近づいてきて、マンションの前で止まった。守衛は、これ幸いと、私に言われた通りに救急車を追い返すべく、小走りに駆け出した。

「ほんとに大丈夫なの？」美咲が、心配そうに私の顔を覗き込んだ。

私は精一杯の微笑みを浮かべ、ふらつく足で座っていたベンチに向かって歩いた。

散乱していた瓦礫のひとつを手に取ると、表面が青色をした陶器の破片で、茶色く見えたものは主として土のようだった。

「落ちてきたのはたぶんあれと同じやつね」

美咲が、ロビーフロアの一角を視線で示した。

視線の先には、直径三十センチはありそうな、ベンジャミンの植わった群青色の大きな植木鉢があった。

行って触ってみると、植木鉢は落下物の破片と同じような手触りで、大理石の床に埋設された金属製のパイプに、同じく金属製の太いワイヤでしっかりと固定してあった。きっと同様の鉢植えが上の階にもあり、それらも固く床に固定されているのだろう。

階上を見上げたが、すでになんの音もなんの動きもなかった。どの階から落ちてきたのかすら、見当が付かなかった。

「美咲さん」

「なに？」

「このマンション、人の出入りは自由なんですか？」

「まさか」美咲が言下に否定した。

「そんなマンションにわたしが住むはずないでしょ。セキュリティは万全よ。あそこに二十四時間守衛が詰めているし、住人がエントランスゲートを開かなければ、ロビーへは一歩も入れないわ」

「宅配便や出前は？」

「ゲートの外に専用の宅配ボックスがあるわ。出前を頼むような人はこのマンションには住まない」

いったい、どういう上から目線だ。

「エレベータを動かすには居住者の指紋認証が必要で、デリバリーの人が配達階まで上がって行けないからよ」

私の内心の非難を見透かしたように、美咲が続けた。

「ロビーまで自分で出前を取りに行くなら、話は別だけどね」

大きなホテルでは、カードキーを使ってこれと同じことをやっている。カードキーを持っていなければエレベータが動かせず、エレベータを動かせても自分の宿泊階でしか降りられない。

「だけど、非常階段がある」私は、ロビーに連結されたエレベータ横の非常階段を指差した。

「あなたもしつこい人ね」美咲が呆れたように言った。「非常階段も、ロビー側からは指紋認証がなければ開かないわ」

「ほんとうですか？」

「一度、あの出口から、非常階段を上ろうとしたことがあるから確かよ」

「停電かなにかで？」

「面白半分によ」美咲はしれっと言った。

美咲は、眼つきから私がどう感じているかを察したようで、

「退屈は人生最大の敵よ」

と胸を張り、私の侮りに対抗した。

「エレベータはここにある二基だけですか？」

「通用口側にもひとつあるわ。もちろん、指紋認証よ。守衛室はないけど、通用口の扉も、指紋認証なしに外からは開けられないようになってるわ」

確かにセキュリティは万全と言えた。住人が認めた人間しかマンションの内部には入れず、なおかつ住人でなければエレベータで居住階へ上がることは不可能なのだ。

美咲が、突然はっとしたように目を見開き、

「あなた、血が出てるわよ」

と、私の右足を指さした。

痛みは無かったが、右足首に血が垂れていた。ジーンズが裂けており、裾を捲ると右足のふくらはぎに裂傷ができていた。デニム生地は丈夫だが、それを引き裂く勢いで陶器の破片が飛んできたのだ。

モンゴル軍が元寇の際に使用した科学兵器「てつはう」の内部には、鋳鉄片のほかに陶器片が入っており、強い殺傷力を具備していたという。足をかすめただけだったからよかったようなも

のの、もし陶片がふくらはぎを直撃していたら、と想像して怖気（おぞけ）が走った。

「取り敢えずわたしの部屋に来て」美咲が言った。「応急処置ぐらいならわたしにもできるから」

それから、振り向いてこう付け加えた。

「念のために言っておくけど、わたしがカワイイからって変な気は起こさないでね」

言うに事欠いて、なんということを。

私は親友の彼女に手を出すほど落ちぶれてはいない。

そう言おうと思ったら、美咲はすでにエレベータに向かって離れたところを歩いていた。

「早く来なさいよ」

促されて小走りにエレベータに乗り込むと、美咲が右手の人差指を行先階表示パネルに押し付けた。五階の番号が明るく灯った。美咲は、ウェットティッシュをショルダーバッグから取り出し、右手の指先と表示パネルを拭った。ウィズコロナの生活では、やや不便なセキュリティシステムだと言えた。

それに、今の私と同じように、居住者のだれかが先導すれば、結局非居住者であっても居住フロアに上がることができる。

エレベータが動き始めた。

「このエレベータ、ずいぶんゆっくりですね」

少なくとも、私の住んでいるマンションのエレベータより遅いことは確実だった。

「高速エレベータには、耳がキーンとする独特の不快感があるでしょ？　だからここみたいなマンションは敢えて高速エレベータをつけないのよ。特にここは十五階までしかないしね」

「なるほど」

億ションには高速エレベータがついているものだと思い込んでいた。エレベータが五階に到着し、美咲が再びタッチパネルに人差指を当てた。

おや、と思った。

「降りるときにも、指紋認証が必要なんですか？」

「あら、確かにそうね」美咲が言った。「言われるまで、意識したことなかったけど」

美咲の部屋は、エントランスゲートのちょうど真上に位置していたので、五階でエレベータを下りたあと、ぐるりと回り込むようにして反対側まで歩く形になった。ロの字型の廊下には、ロビーで守衛が言った通り、等間隔で植栽が置かれていた。

「ちょっと、失礼」

美咲に断って、植栽をチェックしてみた。

植栽は廊下の吹き抜けの側に並び、ちょうど人が落ちないように付いている手摺り（てす）の、目隠しのような役割を果たしていた。植木鉢は四〇センチほどの高さがあり、手摺りには金属製の横板が三段あって、下段の高さは三〇センチほどだった。植木鉢が自然に手摺りの下を通り抜けて落下することは、まず考えられなかった。

「納得いった？」

「ええ、まあ」

部屋の前まで来ると、エレベータのときと同様、美咲が右手の人差指を５１２号室の玄関パネルに押し当てようとした。

「すぐ戻りますから、ちょっと待っていてもらえますか」

美咲にそう言って、ロの字型の廊下を小走りに先まで進んだ。

すると、等間隔で並んでいた植栽に切れ目があり、ちょうど一個分だけ植木鉢がなくなっている場所があった。手摺りから身を乗り出して下を見ると、私が腰を下ろしていたベンチのちょうど真上あたりだった。

「どうかしたの？」

うしろで急に声がしたので、飛び上がった。

慌てて振り向くと、美咲が立っていた。

「おどかさないで下さい」私は胸を撫で下ろした。「寿命が縮みましたよ」

「大袈裟ね」美咲が腕を拱（こまぬ）いて言った。

「植木鉢はここから落ちたんです」

「この階から？」

「本来は手摺りがあるから、植木鉢が下に落ちることはありません。でも、だれかが意図的に落としたとなると話は別です」

「まさか……」美咲の目が愕然としたように見開かれた。

「見てください、ちょうど一つ分植木鉢がなくなっている」私はその場所を示した。「実際にやってみるわけにはいきませんが、植木鉢の直径は手摺りの下を通り抜けられる大きさのはずです。固定していたワイヤーは残っていません。恐らく犯人が持ち去ったのでしょう」

「警察に……」石のように固まっていた美咲が、やっという感じで口を開いた。「警察に届けなくちゃ」

「そうすべきでしょうね」

こうなると、前日危うくトラックに轢かれそうになったのも、ただの事故とは思えなくなってきた。

「でもその前に、まず傷の手当よ」美咲が、毅然とした態度に戻って言った。

「もう結構です」

「あなた、なにイキがってんの?」美咲が目を吊り上げた。「我慢できる、できないの問題じゃないのよ。化膿(かのう)したら大変だから応急手当をするの」

有無を言わせず、美咲の部屋に連れていかれた。

リビングしか見ていないが、家具調度の類は恐らく北欧製だ。どれもカラフルではあったが、各色ともくすんでおり、例えば緑色は明るいグリーンではなく苔色だった。試みに椅子を持ち上げてみるとかなり重かった。他の家具もどれも重量がありそうに見えた。

室内にあるテーブルクロスなどのテキスタイルは、イスラム教徒並みに禁欲的な幾何学模様で覆われている。ひょっとすると、私も世間も、日向美咲の性格を誤解させられているのかも知れなかった。

傷の応急手当てを受け、包帯を巻いてもらった。思っていたより傷が深く、どうやら縫ってもらう必要がありそうだった。そうと分かったら、急に傷がずきずきと痛み出した。

「はい、出来上がり」

不格好に巻かれた包帯がセロハンテープで止めてあった。

ダイニングテーブルの上には、使ったのか使わなかったのか、消毒薬、絆創膏（ばんそうこう）、ガーゼなどが乱雑に置かれていた。

「ありがとうございました」

私は美咲に礼を言った。

包帯止めもセロハンテープも、機能的には大差あるまい。

「で、これが地図。純ちゃんの研究室の」

美咲はＡ４サイズのプリントアウトを私に差し出した。

「実験室」私は言い直した。

いちいち大人気ないとは思ったが、分子生物学者のはしくれとしてどうにも気になるのだ。

「はいはい、実験室ね」

美咲は、またか、という顔をした。

「えー、もしもデータがあれば、LINE添付で送ってもらえるとたいへん助かるんですが」

「しょうがないわね、今回だけ特別よ」

「すいません」

なぜかこうなる。

次第にこのペースに慣れつつある自分が、ちょっと怖くなった。これまで気付いていなかったが、もしかすると私には多少Mの気があるのかも知れない。

「羽田空港の近くですね」

受け取ったプリントアウトを見ながら、美咲に言った。

「純ちゃんは天空橋って言ってたわ」

美咲は、ダイニングテーブルで早速純一郎のものと思しきラップトップを操っていた。「取材でそのあたりに行ったことがあるけど、なんにもないところよ」

「地価が安いから、そういう場所の方が実験室を作るには都合がいいんですよ」

それにしても天空橋という地名を生まれて初めて聞いた。まるで宮崎アニメに出てきそうな地名だ。検索しようとスマートフォンを取り出すと、画面に、LINEメッセージが届いている、というアテンションが出ていた。確かめてみると、美咲から地図データが送られてきていた。ついでに純一郎のＬＩＮＥもチェックしてみたが、やはり私のメッセージは既読にはなっていなかった。

スマートフォンに「天空橋」とキーインし、検索を掛けてみた。調べてみて、なぜそこが天空橋という地名なのかが分かった。天空橋というのはモノレールの駅で、羽田空港のすぐそばにあり、航空各社が施設を置いている。周辺には広大な更地が広がっており、大田区がディベロッパーとなって利用計画を練っている最中らしい。確かに倉庫街同様、ラボを作るにはうってつけの場所かも知れなかった。

私は受け取った紙地図を二つ折りにして、自分のデイパックにしまった。データがあれば紙地図を使うことは恐らくないだろう。

「これからそこに行く気？」美咲はラップトップのカバーを閉めた。

「そのつもりです」

「病院と警察が先よ」

「では、病院、警察、天空橋の順で」

「それがいいわ」美咲が頷いた。

まるで上司が部下に承認を与えるかのような態度だった。

実を言うと、このときすでに私には警察に行く気がなくなっていた。警察に届けるのであれば、真実を伝えなければならない。真実とは、織原純一郎が失踪中で、河原崎誠一がそれに乗じてＣ

ＥＯの座を狙っている、ということだ。

真実を伝えることなど、できるわけがない。

真実を言わなければ、警察は犯人に辿り着けない。どうせ犯人に辿り着けないと分かっているのなら、警察に届けるだけ無駄である。

これはきっと、河原崎誠一から私への「純一郎を探すな」という警告だ。

「純ちゃんが見つかったら、わたしにも連絡するように言ってちょうだい」

美咲が、悪戯っぽい表情を作って言った。

ロビーまで見送る、という美咲に、「通用口から出てみたいんですが」と、頼んだ。

ふたりで乗った通用口側のエレベータがのんびりした速度で降下を始めた。一階に到着すると、扉が自動的に開いた。

「一階で降りるときには、指紋認証が要らないんですね」驚いて美咲にきいた。

「そうみたいね」

考えてみたら、当然だった。そうでなければ、来客が帰るとき、毎回エレベータに同乗して、一階まで見送らなければならないことになる。

一階で降りて通用口から外に出た。

扉の外側には指紋認証用のタッチパネルが付いていて、外から力まかせに開けようとしたが鋼鉄製の扉はびくともしなかった。

「だから言ったでしょ？」美咲が自慢げな顔をした。「分かったら、さっさと病院行ってらっしゃい」

管理会社に文句が言えなくなっちゃったじゃないの、とかなんとかぶつぶつ言いながら、美咲は通用口を開扉して戻っていった。

外は夕刻の柔らかい陽の光に変わっていたが、暑さの方は相変わらずだった。いつの間にか、二時間ほども時間が経っていた。ひとりになると、またぞろ傷口が痛み始めた。

水天宮通りに出ると、道の反対側にカカウの白いポルシェが停まっているのが見えた。車の切れ目を見計らって横断し、窓から中を覗き込んだ。カカウは運転席で眠っていた。フロント側から歩道側に回り込んで、助手席のドアを開けた。

暑かったからだろう、カカウは、エンジンをアイドリング状態にしてエアコンを使っていた。

「おい」

助手席に座り、カカウの身体を揺らして目を覚まさせた。

「お、ようやく帰って来たか」

カカウが寝惚けまなこで言った。

「だいぶお疲れのようだな？」

そう嫌味を言って、持っていたデイパックを狭い後席に放り投げた。

「ジュンイチローがいそうな場所、どこか分かったか？」

カカウは私の嫌味を無視して言った。

「ひとつ有力な情報をゲットしてきたよ」

名誉の負傷と引き換えに、だ。私は後席に身体を捩じって、放り投げたデイパックから紙地図を、ついでにマルボロと百円ライターを取り出した。

「純一郎は、天空橋というところに実験室を作ったそうだ」

カカウに紙地図を差し出した。

「どこだ、それ？」

カカウが折り畳まれた紙地図を広げた。カカウの両手首の内側に、文字列のタトゥーがいくつか並んでいた。人の名前のように見えた。

「羽田空港のそばだ。日向美咲から住所を教えてもらった」

データの方も、カカウにＬＩＮＥした。助手席側の窓を開け、煙草を一本取り出して火を点けた。

「ジュンイチロー、ここでなんの実験をやってるんだ？」

「さあな」

小さく開けた窓の隙間から、煙を吐き出した。歩行者はほとんどいないので、窓から煙を吐くのにだれに気兼ねする必要もなかった。

もしかするとカカウは、純一郎がもともとバイオハッカーだということを知らないのかも知れない。

普通の人から見たら、純一郎は起業に成功した上場企業のやり手経営者にしか見えないだろう。だが私は、純一郎が、依然としてキャリー・マリスかぶれのバイオハッカーであることを知っている。そうでなければ、プライベートラボなど作ったりすまい。

フロントウインドウ越しに遠くを見た。湧きあがった入道雲が、ゆっくりと動いていた。細く開けた窓から流れ込んでくる熱い空気は、湿った匂いがした。

「ジュンイチロー、ここにいるかな？」

「どうだろうな」いてくれればよいのだが。「その前に、ちょっと病院に寄ってくれないか」

美咲の応急手当ては、やはり今ひとつ信用できなかった。

「具合でも悪いのか？」

「美咲のマンションで、ちょっと足を怪我した」

植木鉢に直撃されそうになって気を失い、しばらく美咲に膝枕で介抱してもらったことはカカウには隠しておいた。

治療代は経費で落ちるだろうか、とあらぬことを考えた。

「だったら、外科だが」カカウが、左手首のロレックスを見て言った。「この時間に受け付けてくれるかな？」

ロレックスはブラックフェイスで、私の乏しいブランド知識でも、数十万は下らない高価な物だということが分かった。

開いている病院を検索すると、すぐそばに個人でやっている形成外科が見つかった。

形成外科、整形外科、普通の外科、それらの区別はまるでつかないのだが、外科という名前を背負っている以上は診てくれるに違いないと思い、駆け込みで診察してもらった。

眼鏡を掛け、茶髪で、少年のように見えるその医者は、セロハンテープで止められた包帯を見ると声に出して笑い、傷口を八針ほど縫って、抗生物質と鎮痛剤を処方してくれた。そのセロハンテープを巻いたのはあの日向美咲だぞ、と、よっぽど言ってやろうかと思ったが、止めておいた。

隣の薬局で薬を受け取って駐車場に戻ると、カカウはまた車の中で居眠りをしていた。まるで中村主水(なかむらもんど)じゃないか。運転席側の窓を軽く数回ノックしてみたが、カカウは目を覚まさなかった。助手席側に回ってドアを引くと開いたので、そのまま中に乗り込んだ。

煙草を取り出して火を点け、カカウが目を覚ますのを待った。五分経っても起きないので、仕方なくカカウの身体を揺すった。

「お、戻ったか」カカウが、垂れかかったよだれを啜り上げながら言った。「ずいぶん時間が掛かったな?」

「応急手当が良くて治療は順調だったんだが、八針ほど傷口を縫ったからね」

「八針?」カカウが目を見開いた。「だれかに刺されでもしたのか?」

「おれは善良な人間だ」私は車の灰皿で煙草の火を消した。「人から刺されるようなことはしたことがない」

「善良な人間っていうのは」カカウは私のことばを鼻で笑った。「流されて善をなし、流されて悪をなす連中のことを言うんだ」

カカウは私の手にあった白い四角い薬袋を見て、「ちょっとそれを見せてみろ」と、言った。

奇妙なことを言うなと思いながら、処方薬の入った袋をカカウに渡した。カカウは説明書きをしばらく熱心に読んでいたが、やがて興味を失ったように袋をこちらに放り投げた。

「なんだよ?」

「問題ない」

「問題ないって、なんなんだよ?」

「天空橋に行く前にどこかで腹ごしらえしようぜ」

カカウは私のことばを無視してそう言うと、車のイグニッションキーを回した。ポルシェのエンジンが、相変わらず小さく不規則なバースト音を交えながら吼(ほ)え始めた。

「しまった」突然思い出した。

「どうした?」カカウの表情がこわばった。

「いや、問題ない」

先ほどの会話の意趣返しにそう言い、カカウの顔を見てニタっと笑った。

「くそっ」

カカウは悪態を吐いて、両手の平でハンドルを数回叩いた。

実のところ、本当に大したことではなかった。ランデリのディナー便をキャンセルもせず、ほったらかしにしていることに気が付いたのだ。あと数日はどうせ似たような生活になるのだから、しばらくサービスを止めておくべきだった。

右手首にはめたスマートウォッチを見ると、六時になろうとしていた。無為に時を過ごしてしまった感があり、軽い焦燥を覚えた。

「天空橋、あまり遅くなってもなんだから、晩飯はファストフードにしよう」

「おまえが怪我なんかするからだろ?」

カカウはぶつぶつ言いながら車を発進させた。

第四章　天空橋の対決、からのカンパリロック

金座通り沿いにあるチェーン系の立ち食いそば屋で、そばを食べることにした。駐車禁止の区間だったので、どちらかひとりが運転席に残り、交代で食事を摂ることにした。カカウを先に行かせ、私が運転席に残った。ところが、ただ運転席に座っただけなのに、やはり激しい目眩と吐き気に襲われて三十秒と持たなかった。私は運転席から逃げ出し、助手席に移った。警官が来たら、適当に誤魔化してどうにか見逃してもらうほかない。さいわい警察に見咎(みとが)められることはなく、十分ほどでカカウが戻ってきた。

マスクを掛け、カカウと入れ替わりにそば屋に入った。食券を買って天ぷら月見そばを注文し、出来上がりを待っていると、ジーンズの前ポケットでスマートフォンが震え出した。取り出して発信者を見ると弁護士の水上からだった。

まったく間が悪いというほかないが、こちらから電話するように指示を出した手前、出ないわけにはいかなかった。店員に、電話してくると目顔で合図し、スマートフォンを手に店の外に出た。かすかな雨滴を感じて空を見上げると、今にも本降りになりそうな空模様だった。

「プランがまとまったので、ご報告を」水上は、単刀直入に用件だけ言った。

「手が早いな」

雨滴を感じる頻度が高くなったので、庇(ひさし)の下に移動した。

「先方へ提示する書面は」水上が言った。「いつものアドレスに、添付ファイルで送っておきました。契約の改訂内容をかいつまんで言うと、ざっとこんな感じです。まず、南米各国は言うまでもなく、潜在的な市場である欧州、アジア、アフリカ、オーストラリアについても、条件はアメリカ合衆国と同一とします」

「妥当だな」

「ロイヤリティ料率を、売上高の三%から七%に引き上げさせます」

思わず眉を吊り上げた。

私の――そして水上の――取り分が、いまの二倍強になるということだ。

「ずいぶん強気のオファーだな?」ロイヤリティの絶対額はどれほどになるのだろう。「勝算はあるんだろうな?」

「まだ続きがあります」水上が言った。「もしもピノートが三年契約を希望する場合は、売上高に応じたロイヤリティとは別に、長期契約料として初年度に三億円を支払うことを条件として追加します」

「その数字の根拠は?」

いくらなんでもぼり過ぎではないかと思い、水上にきいた。

「長期契約を結べば、その三年間、UB40を使った競合製品は米国市場に出回りません。そうなれば、その間、『ネゴレスト』が米国のアンチコロナヨーグルトの市場を独占できるわけです。この分野に詳しい専門家にも意見を聞きましたが、その試算では、『ネゴレスト』の営業利益は米国内だけで年間八〇〇〇万ドル以上に達します」

「マジか？」

販売額の話ではない。水上は、利益が、米国だけで年間八〇億円に上ると言ったのだ。

「と、言いはしましたが」水上が照れたように続けた。「ドタ勘で弾いたテキトーな数字のようです。でも、予想数字なんてたいがいそんなもんですから」

「いつまでコロナ禍が続くか分からないんだ。そんな条件をピノートが飲むか？」

「いやなら長期契約を結ばなければいいだけの話です」水上が言った。「ピノートは結ばせてくれ、と言ってくると私は確信していますが」

「そうか？」

「三年契約にしなかった場合、来年私たちがピノートとの契約を更新せず、より条件のよい別の会社との契約に乗り換える、というリスクが発生します。

もっと言えば、来年どころか、足元の来季の契約継続を三年契約を受け入れる競合企業に持っていかれるかも知れない。そう予想したら、ピノートは三年契約を受け入れざるを得ないでしょうね」

そば屋の若いアルバイトが、心配そうな顔で外に私を探しにきた。仕草で「すぐ戻る」と伝えたつもりだったが、伝わったかどうかは分からなかった。

「攻防ラインは」水上が言った。「ロイヤリティ料率五%です。このラインの死守を目指す方針で交渉に臨もうと思っているんですが、いかがでしょう？　なんならもっと吹っ掛けましょうか？」

一拍置いて、「止めておこう」と言った。

「ひょっとして、ビビッてるんですか？」水上が言った。「心配しなくても大丈夫ですよ。この程度は向こうも想定内でしょうから」

私は黙り込んだ。

ビビったわけではなかった。

このとき、自分は商売人ではないな、とつくづく感じていたのだ。

江戸の日照りを絶好の商機と捉え、水不足に苦しむ人々をよいカモだと思えなければ、決して紀伊國屋文左衛門(きのくにやぶんざえもん)にはなれない。だが人の弱みに付け込んで金儲(もう)けをするなど、私には到底無理である。

別に正義派を気取っているわけではなく、ただ気分が落ち着かないのだ。正直者が嘘を吐くことに耐えられないのと似たようなものだろう。

「ピノートと、ユニットプライスの上限を握ることはできないかな？」

しばらく考えてから、水上に言った。

「どういうことですか？」

水上は私の意図を測りかねているようだった。

「ロイヤリティを高くすると、結局それはエンドユーザーに転嫁されて価格が高くなるだろう？」

「でしょうね」

「そうなるのはおれとしては不本意なんだ」唇を舐めて続けた。「だからあんたには頑張ってロイヤリティを一〇％で決着させてもらいたい」

「一〇％！」水上は今にも口笛を吹きそうだった。

「そのあと」私は言った。「おれのロイヤリティを半分の五％にして、留保した五％分だけピノートは売価を下げる。そういう交渉はできないもんかな？」

「Qさんって、ほんとに面白い人ですね」

「人からそんな風に言われたことはないな」

私がそう言うと、水上は電話の向こうで楽しげに笑った。

「分かりました」水上が笑みを含んだ声で言った。「細かいところでごちゃごちゃするかも知れませんが、交渉はしてみます。ほかになにかありますか？」

「ほかにはないよ。あとはあんたに任せるから、あんたのやり方でピノートとの交渉を進めてくれればいい」

「承知いたしました」

水上は、そう言って電話を切った。

店に戻ると、新しいそばを茹で直してくれた。激しくなった雨音を聞きながら、感謝しつつそばを食べ、店員に礼を言って店を出た。雨雲も手伝って外はいよいよ暗かった。そば屋の隣にあったチェーン系のカフェに駆け込んでコーヒーをふたつテイクアウトにし、走って車に戻った。

珍しくカカウは起きていて、煙草を喫いながらスマートフォンをいじっていた。

「すまん、野暮用の電話が掛かってきて遅くなった」

私は助手席に座り、カカウに詫び替わりのコーヒーを渡した。それから煙草に火を点け、煙を吸い込んだ。喫煙者が一緒だとたいへん気楽である。車の横の歩道を、傘をさした若いカップルが通った。ふたりともマスクを着け距離を取って歩いていたのに、それでもふたりが恋人同士だということはすぐに分かった。不思議なことである。

「ヤマアラシの恋人たちか」

コーヒーを啜りながら、独り言を呟いた。

「なんだ、それ?」

雨が一層激しくなり、カカウの声は雨音にかき消されそうだった。

「ヤマアラシは身体じゅう針だらけだろ?　だから恋人同士抱き合うとお互い血だらけになって

しまう。それでヤマアラシのカップルというのは、物理的に距離を取って付き合うようになったという話だ」

「マジか？」カカウが驚いた顔をした。

「まさか」苦笑して続けた。「たとえ話だよ。有名な哲学者が作った寓話だ。コロナ騒動のさなかのカップルを見ると、その話を思い出すんだ」

「なんだか妙に胸騒ぎのする話だな」

カカウは、例によって「はなし」を「アナシ」と発音した。

スマートフォンのマップで改めて天空橋のラボを行き先に設定すると、所要時間はおよそ二十七分と表示された。雨足が弱くなったところを見計らって、カカウが車を発進させた。

昭和通りを少し走って、京橋ＩＣから首都高速環状線に乗った。浜崎橋ＪＣＴで羽田空港方面に進路を取り、八代亜紀を流しながらしばらく走った。首都高は相変わらずがらがらに空いており、前方に車はなく、離れたうしろからワンボックスカーが一台ついてくるきりだった。忘れないうちにと思い、ランデリのウェブサイトでランチ便とディナー便を両方とも止める手続きをした。

牧村からは、七時から八時の間に連絡するように言われていた。スマートフォンの時刻表示は、七時十五分を示していた。そこで通話履歴を開き、そこにあった牧村の名前をタップした。四度のコール音のあと、牧村が電話に出た。

「状況はいかがですか？」牧村は余計なことを言わなかった。

「いま純一郎のラボに向かっているところです」

いきなり横で話し始めたからか、カカウがちらりと私の顔を見た。

「場所はどこです？」牧村が言った。

「天空橋です」

「モノレールの？」

「そうです。純一郎が見つかったらすぐに、そうでなければ明日連絡します」

「見つからなくとも、今日もう一度報告をもらえると助かるのですが」

「承知しました」

「ありがとうございます」牧村は、心から感謝しているような口調で言った。「あなたに仕事をお願いして本当に良かった。昨日今日と、かなりの進展がありました。私がやったのでは、きっとこうはいかなかったと思います」

「純一郎はまだ見つかっていませんよ」牧村の世辞に苦笑いして続けた。「そちらにはなにか新しい情報はありますか？」

「社内で情報収集した結果、河原崎が本気で解職動議を出すつもりであることが確認できました」

あまり嬉しくない情報だった。

純一郎が、一度でいいから私のＬＩＮＥか牧村のメールを見てくれれば良いのだが。池田が仕込んだアプリが、却って裏目に出ている気がした。スマートフォンの電源を入れるとその瞬間に位置を捕捉されてしまうため、純一郎は電源を入れることすら忌避しているのだ。

「ではまたあとで連絡します」

そう言って、電話を切った。

フロントウインドウを覆う水滴の量が増え、カカウはワイパーの速度を一段階上げた。大井競馬場を左手に見ながら、車はゆったりと左にカーブしていった。

「イデか?」カカウがぼそりと言った。

「そうだ」

「なんて?」

「河原崎が本気で純一郎を解職する気だと、裏が取れたそうだ」

カカウは、運転しながら器用に肩をすくめた。分かり切ったことの確認でしかなかったからだろう。

空港西ＩＣで高速を下り、車は一般道に入った。リフラフマップによれば、目的地まではあと十分ほどだ。環八の分岐路をモノレールに並行して走り、整備場前を過ぎた。空港が近づくにつれ、街灯は次第にオレンジ色の光が目立つようになっていった。雨足がさらに強まり、助手席側の窓は水滴により視界が確保できなくなってきた。

「もうそろそろだ」カカウが言った。

「少しスピードを落としてくれ」私は言った。「もっとだ。建物を目で確認したい」

カカウは車をスローダウンさせ、這(は)うような速度で車を走らせた。真っ暗というわけではなかったが、雨が降っているのと街灯が少ないせいで、そのあたりは都心に比べるとかなり暗かった。私は助手席側の窓を細目に開けた。湿気を含んだ外気と激しい雨音が、同時に車内に流れ込んで来た。

グローヴボックスからマルボロの箱を取り出し、一本引き抜いて火を点けた。カカウがリフラフマップとにらめっこをしながらゆっくりと車を進め、それと思(おぼ)しき場所の前で車を止めた。

「地図で見るとここだ」カカウが言った。

その二階建ての大きな倉庫のような建物には、人のいる気配がまるで感じられなかった。

顔を見詰めると、カカウは黙ったまま両眉を上げた。

カカウに言って車を少し動かし、建物の正面全体をヘッドライトで照らしてもらった。

「傘はあるか？」

カカウは申し訳なさそうな表情で、首をゆっくりと左右に振った。私は溜息を吐いた。前より小降りになったとは言え、雨はまだかなり激しく降っている。

「懐中電灯は？」

「それならここにある」

カカウは私の身体の前に長い腕を伸ばし、グローヴボックスからメタリックレッドのマグライトを取り出した。最も小さいサイズのマグライトだった。

「めちゃくちゃ派手な色だな」呆れて言った。

「落としてもすぐ見つかるだろ？」カカウがニタッと笑った。

私たちは、すでに車中ではマスクを外していた。一蓮托生（いちれんたくしょう）のあかしである。

「おれが行こうか？」カカウが言った。

「ふたり揃（そろ）って濡（ぬ）れても意味がない」私は言った。「あんたが見たって、ラボのことは分からないだろう。おれが行って見てくるから、車の中で待っていてくれ」

「悪いな」

火のついたジタンを口にくわえたまま、カカウが言った。

煙草を消し、ドアを開けて車の外に出た。オレンジ色の街灯が道の片側だけにまばらに立っており、あたりにはどぶ川のような匂いが漂っていた。唇についた雨粒は錆（さ）びた鉄の味がしたが、恐らく気のせいだろう。

カカウに見えるように、Ｖ字にした二本の指で自分の目を指したあと、その指を建物に向けた。ＣＩＡなどの出てくるテレビドラマで、よく見るジェスチャだ。特に必要のない行為だったが、いつかやってみたいと思っていたのだ。

雨の中、アスファルトの地面を歩いて建物の前まで行くと、金属製の表示版があった。看板の一番上には「天空橋ストレージサービス」と書かれており、その下はテナントリストになっていた。どうやら貸し倉庫のようだ。歯抜けの多いリストには、山田建機、南東京住販、勅使河原建設などの企業名が並んでいたが、バイオソニック、あるいは織原純一郎の名前はそこになかった。だが、純一郎の場合、ふざけて偽名を使っている可能性がある。

ポルシェのヘッドライトの灯りで、建物の正面入り口を目と手を使ってチェックした。赤錆のびっしり浮いたシャッターを強引に引き上げようとしたが、施錠されているためか、あるいは錆び付いているためか、びくともしなかった。遠くの方から、なにか金属的な音が聞こえてきた。音のした方向を見上げると、飛行機が標識灯を明滅させながら、北に向かって飛んでいくのが見えた。

正面突破を諦め、私は建物の横手に回り込んだ。暗い中、ザリザリと砂利を踏みしめながら歩いていると、なにかに躓つまずいて危うく転びそうになった。やはり明かりなしで歩くのは無謀であった。マグライトを点け、転びそうになった場所の周辺を調べてみると、被覆された太いケーブルが地面を這っており、その先の壁に、電力メータのボックスが整然と並んでいた。恐らく貸倉庫の個々のテナント別の電力使用量を計測するためのものだろう。

雨脚がさらに強まった。マグライトの尻を口にくわえ、目に入った雨粒に妨げられながら、メータボックスを片っ端から開けて中を確認した。それらのメータの中には、電力の使用中を示す、回転しているメータはひとつもなかった。

そのあと、マグライトを手に、どこか明かりの漏れている場所はないかと目を凝らして建物を一周してみたが、光の漏れている窓も壁も、結局ひとつも見つからなかった。

結論はこうだ。

ここにも、純一郎はいない。

ぐるりと回って、入ったのと逆側の建物側面から元の舗装路に出た。雨が激しくなったせいか、来たときに感じたどぶ川のような悪臭が、さらにひどくなっているように感じた。真夏だというのに、身体がすっかり冷えてしまった。空振りに終わった探索のこともあり、さっさと家に帰って熱いシャワーを浴び、身体を休めたかった。ヘッドライトに目をすがめながら、車中のカカウに向かって、「いない」というサインに大きく両腕でバツ印を作った。

ちょうどそのときだ。

背後に複数の人間の気配を感じた。

振り返ると、今まで探索していた建物の向かい側の暗がりから、四、五人の男が豪雨を衝いて飛び出してくるのが見えた。

ぎょっとして、カカウのいる方へと慌てて走った。車の外に出てきたカカウと合流し、振り返った。恐らくだれが最初に行くかで逡巡（しゅんじゅん）したのだろう、集団の動きは私とカカウの手前三メートルほどのところで止まった。数えてみると、人数は六人だった。顔に黒いマスクを掛け、刃物、鉄パイプ、金属バットなど、それぞれが思い思いの得物を手にしているのが、ポルシェのヘッドライトではっきりと見えた。

カカウが、すっと私の前に出た。

すると、集団の中から、金属バットを手にしたラッパーのノトーリアス・B.I.G.のような巨体の男が、のっそりと一歩前に出てきた。雨で手元が滑るのか、バットのグリップ部分を盛んにしごくような動作を繰り返している。身長はカカウの方が高いが、体重では明らかにその男の方が上回っているように見えた。

カカウは一言も発さず、ゆったりしているのに細かい動きで、左右にリズミカルにステップを踏み始めた。両腕の肩甲骨の部分を、まるで軟体動物のようにくねくねと動かしている。見たことのない動きだった。

先鋒を買って出た巨漢が、なにか野太い声で叫んだが、激しい雨音にかき消されて、よく聞こえなかった。巨漢が大きくバットを振りかぶってカカウに振り下ろした。次の瞬間、どうした具合か、巨漢のバットはカカウの手に渡っており、巨漢自身はカカウの足元に転がっていた。巨漢は体を大の字にして地面に寝そべったまま、ぴくりとも動かなくなった。カカウがなにをやったのか、真うしろからすべて見ていたのに、まるで分からなかった。

カカウはいつも通りの眠そうな目をして、ふたたびくねくねと肩を回しながら、左右にステップを踏み始めた。

今度は、ナイフを握った細身の男が、やけくそのような叫び声を上げながらカカウに向かっていった。だが、瞬きする間もなくカカウに倒され、身体をくの字に曲げて地面で呻き始めた。

この様子を見ていた残りの男たちは、黙ったまま徐々に後ずさりし、ひとりが突然踵を返すと、全員うしろを振り返ることなく元来た闇の中へと散っていった。

カカウは大きく息を吐いて、私の方を見た。

「大丈夫か？」

「大丈夫なわけないだろう？」

カカウが、あああ、と乾いた笑い声を立てた。

先ほどまでの激しい雨が、嘘のように弱まってきた。

それにしても今日だけで二度だ。やはり警告にしては度を越している。もしもカカウが同行していなかったら、私は半死半生の目に遭わされていただろう。

カカウはしゃがみ込んで、倒れている暴漢二人になにかぼそぼそと話しかけた。恐らく、ふたりとも聞こえてはいまい。細身は体をくねらせながら呻くばかりだし、巨漢は初期状態のまま、身じろぎもせず声も発さず地面に伸びていた。

私は警察を呼ぶことを躊躇した。植木鉢のときと同じだ。警察を呼ぶなら、バイオソニック社内の「お家騒動」について、包み隠さず事情を話さなければならない。だがそうなると、純一郎の探索はミッション・インコンプリート、そこでゲームセットだ。信用して私に任せたのに、相手が警察とはいえ守秘事項をぺらぺらと話されたのでは、牧村も堪ったものではあるまい。

ＣＯＯがＣＥＯの追い落としを図って暗躍している、などという話が表沙汰になったら、バイオソニックの信用は地に堕ちる。どうしようか決めかねたまま、取り敢えずジーンズの前ポケットを探って、スマートフォンを取り出そうとした。

「警察は呼ばない方がいい」カカウが私の右腕を押さえた。

私は「なぜ？」という表情を作って、カカウの顔を見た。

「おれは昔から警察が嫌いでね」

カカウは、唇の端をわずかに歪めて笑った。

「それに、怪我を負わせたのはむしろこっちだ。下手をするとこっちが過剰防衛に問われる可能性がある。おれには――」カカウは大きく息を吸い込んだ。「だれのしわざか、だいたいの見当が付いている」

カカウのことばに、意表を衝かれた。

「こいつらが動けるようになる前に、さっさとここからズラかろう」

カカウが、暴漢ふたりを見下ろして言った。

「ああ、そうしよう」気を取り直して、そう答えた。

警察を呼ぶなど、そもそも私たちの選択肢には用意されていなかったのだ。

この頃には雨が上がり、上空には星空が広がり始めていた。

急いでポルシェの助手席に乗り込もうとすると、カカウが「ちょっと待て」と、私を止めた。

カカウは車の正面に回り、ポルシェのフロントボンネットを開けた。ポルシェはミッドシップエンジンなので、フロントにトランクがある。

「こいつを持っていた方がいい」

カカウが、古びた携帯電話を私に差し出した。

「なんだ、このデカいガラケーは？」

「スタンガンだ」

「スマートフォンには偽装できなかったのか？」

呆れて言った。

いまどきこんなデカいガラケーを持ち歩いているのは、相当怪しいやつだ。

「買ったのはずいぶん前なんだ」

カカウが、いつもやるように歯を剝(む)いて笑った。

それにしても、探偵というのは、こういうものを持ち歩くのか。身体がすっかり冷え切っていた私は、「そんなものより折り畳み傘を持ち歩け」と言いたかった。

カカウがスタンガンの使い方を教えてくれた。スイッチを押してみて驚いた。強烈なプラズマが、アンテナに偽装された陽極と陰極の間をばりばりと物凄い音を立てて飛んだからだ。

「市販のものを改造して、威力を強めてある」カカウが言った。「こいつにやられたら、相手は確実に気を失うぞ」

カカウが運転席のドアを開けながら、「一杯やっていかないか？」と、私を誘った。カカウが言い出さなければ、私の方から誘うつもりだった。

「麻布に一軒、行きつけのバーがある」

私は言った。

正確に言うと、かつて行きつけだったバー、だ。

「そこでいいよ」

「じゃあ、取り敢えず西麻布の交差点を目指してくれ」

助手席に乗り込んでシートベルトを締めると、カカウは一回だけワイパーを動かし、それからいつものようにそろそろと車を発進させた。振り返って見ると、暴徒ふたりはまだ道に転がっていた。

「あいつら、死ぬなんてことはないよな?」心配になってカカウにきいた。

「ないない」カカウはぞんざいに答えた。

カカウが彼らの生死など気にしていないことは、明らかだった。

車は都道311号から空港西ICを通って首都高速1号線に乗り、もと来た道を正確に戻り始めた。結局、天空橋くんだりまで出掛けながら純一郎は見つからず、ただ暴漢に襲われただけで引き上げることになった。

私もカカウもしばらく口をきかなかった。途中、何度かカカウの顔を横目で見たが、顔にはなんの表情も浮かんでおらず、なにを考えているのか、まるで分からなかった。

大井競馬場に差し掛かったあたりで、突然あることに気付いて愕然とした。

水天宮から天空橋への往路のことだ。車がほとんど走っていない中、一台のワンボックスカーが私たちのうしろを離れてついてきていた。あの車ならば、六人ぐらい余裕で乗れる。

そして、あの倉庫。

あの倉庫は、恐らくしばらく前に廃業している。

倉庫の側面から背後まで仔細に調べてみたが、そこらじゅう錆だらけで、リストにあったテナントが今も入っているとは到底思えなかった。

ラボには冷蔵装置や培養装置など、常時電力供給が必要な電気機器が必ずあるはずだが、どの倉庫の電気メータも回っていなかった。

ときどき天空橋の実験室にこもる――

美咲によれば、そう純一郎は言っていたという。だが先ほどの建物には、どう考えても純一郎のラボはない。どうして純一郎は、美咲にそんな嘘を吐いたのだろうか。あるいは、美咲が私に嘘を吐いたのか。

右手首のスマートウォッチを見ると、時計の針は九時を指そうとしていた。

「もう一度日向美咲に会って確かめよう」

カカウにそう言って、スマートフォンを取り出した。

「またあそこに行くのか？」カカウがうんざりしたように言った。「深く追及してもしょうがないんじゃないか？」

カカウは、先ほどの暴漢たちには心当たりがある、と言った。そのことがあるから美咲を疑っていないのだろう。しかし、だ。カカウは、私が美咲のマンションで危うく殺されかけたことも、ワンボックスカーが美咲のマンションからずっと私たちの後を尾(つ)けてきたことも、そのどちらも知らない。

「おれたちは彼女にハメられた可能性がある」私は言った。「放置するわけにはいかない」

「やめといた方がいいと思うぞ」カカウが繰り返した。

私はカカウの忠告に従わず美咲に電話し、スピーカホンにした。

カカウは肩をすくめた。

「見つかった？」美咲が弾んだ声で電話に出た。

「純一郎はいませんでした」

ラボ自体、影も形もないのだ。純一郎がいるはずがない。

「あら、残念」美咲はしれっと言った。

私が黙っていると、「なんか怒ってるみたいだけど？」と、美咲が言った。

「明日、もう一度お伺いしたいんですが」

美咲のことばを無視して、こちらの要求を伝えた。

「いいわよ、どうせ明日も暇だから。時間はそっちに任せるわ」

顔を見ると、カカウが口を「二時」の形にした。

「では、二時ではいかがでしょう？」

「うーん、やっぱり十一時半に来て」美咲が前言を翻し、時間を指定した。

カカウが、口の形で「ＯＫ」と示した。

「十一時半ですね、分かりました」私は言った。

「一緒にお昼ご飯を食べましょうよ」

「え？」意表を衝かれた。

「ずっと一人で食事してるから、気が狂いそうで。いいわよね？」

美咲は勝手に話を決め、さっさと電話を切った。

「一緒に昼飯を食う羽目(はめ)になってしまった」呆然として、言った。

「自分が嘘を追及されるとは、夢にも思っていないみたいだったな」

カカウが、私の顔をちらりと見た。

あるいは、美咲には、追及されたとしても躱(かわ)し切る自信があるのかも知れない。彼女の場合、かなりの確度で後者の可能性があるような気がした。

「まあ、いい」カカウが言った。「十一時半のアポなら、今夜は深酒しても構わんな」

「次の出口だ」私は前方の表示を指差した。

車は飯倉で高速を降り、麻布通りから外苑東通りへと入った。

「どの辺だ?」カカウが、前方に身を乗り出すようにしながら言った。

「あそこに交差点から斜めに坂を上っていく脇道がある」

「見えた」カカウが不審そうに続けた。「あそこ、車入れるか?」

例のごとく、「はいる」を「あいる」と発音した。

引きこもっていたせいで、私には最新の道路事情が分からなくなっていた。

「入ったはいいが出てこられないってパターンもありそうだ。この通り沿いのコインパーキングにでも駐めた方が無難だな」

ゆっくりと西麻布の交差点を行き過ぎ、そう遠くない場所に空いているパーキングスペースを見つけた。

「高っけえな」

カカウが、看板に出ていた料金の高さに目を剝いた。

「この辺りは二十三区の中でも飛びぬけて駐車料金が高い場所なんだ。駐車場所がすんなり見つかっただけでありがたいと思わなきゃ」

車を降りて、カカウとふたり、だらだらと続く坂道を歩いて上った。

雨はすっかり上がり、上空には普段なら考えられないような星空が広がっていた。コロナ騒動で経済活動が停滞し、大気が澄み渡っている。都心で見る星々は現実感が薄く、ファン・ゴッホの『星降る夜』を眺めているような気分になった。

幸いなことに、私が選んだ〝ＯＡＫＳ〟という店は、コロナ禍の最中でもしっかり店を開けていた。手の平をかざして窓から覗くと、ハンドメイドの歪んだガラス越しに、閑散とした店内の様子が窺えた。古くて重いオーク材のドアを全力で引き開け、中に入った。

客は私たちを含めて三組だけだった。さして広くもない店内には、低い音量でスタンダードジャズが流れている。

黒いマスクをしたオーナーマスターが、カウンターの向こう側の、以前から私の知る定位置でロックグラスを磨いていた。目が合ったので、軽く手を上げて挨拶した。目は合ったものの、マスクをしている上に久し振りだったから、私がだれかは分からなかっただろう。

私がテーブル席のひとつを指差すと、マスターが了承の意味の頷きを返してよこした。カカウと向かい合って腰を下ろし、マスクを外した。テーブルも椅子も重くて頑丈な樫製で、座るために椅子を少し引くのさえ大いに難儀した。

カカウがジタンの箱を取り出して、一本引き抜いた。私は自分の煙草を車のグローヴボックスに置き忘れてきたことに気が付いた。

「悪いが、おれにも一本くれ」

煙草をくわえたカカウが、ジタンの箱を私の方に滑らせて寄越した。ジタンはマルボロよりも強く、煙を不用意に吸い込んで思わずむせ込んだ。その様子を見て、カカウが愉快そうに笑った。

「いらっしゃいませ」マスターが注文を取りに来た。「なんだ、あんたか」

「ずいぶんなご挨拶じゃないか。これでもおれは客だぞ」

「いつもご贔屓いただき、痛み入ります」マスターはちくりと嫌味を言った。

私はラフロイグ十二年のオンザロックとチェイサーを、カカウはカンパリロックを注文した。

カカウが注文すると、マスターの片眉がすっと上がった。カンパリをソーダ割りでなくロックで頼む客は珍しいのだろう。

「レモンを絞りますか?」

「半分に切ったライムを、グラスとは別にして持ってきてください」

カカウは、ジタンの煙をくゆらせながら、丁寧なことば遣いで言った。

「ほかにご注文は?」

「それだけでいいよ」これが私。ぞんざいな口調。

「ですから」マスターが私の顔を覗き込んだ。「ほかにご注文は?」

「しょうがないな、じゃ、ミックスナッツと——」

「オリーヴを下さい」カカウがメニューを見ながら言った。

「それとマルボロをひと箱くれ」ポケットの小銭を探りながら言った。

小銭はパンツの右前のポケットに入れる習慣のため、そこに仕舞ったマスクがひどく邪魔になった。マスターは私から小銭を受け取り、定位置であるカウンターの向こうへと戻っていった。

「ずいぶんしゃれた物を頼むじゃないか?」

カカウは、鼻をすんっと鳴らした。

「親父から教えてもらった酒だよ」

カカウの口から聞く「おやじ」ということばの響きには、さすがに違和感を禁じえなかった。

それに、カンパリはイタリアの酒だ。カカウの訛りから考えて、恐らく父親はフランス語圏アフリカ国家のエリートだと推測していた。その父親が、なぜカカウにイタリアの酒を教えたのだろう。

すぐに私たちのテーブルに飲み物が運ばれてきた。私はマルボロの封を切り、中から一本取り出して、カカウの純銀製のジッポーで火を点けた。

ラフロイグは相変わらずオキシドールのような味がした。むろん、私にはオキシドールを飲んだ経験などないが。

「さっきの連中の正体を、知っているような口ぶりだったが？」灰皿に煙草の灰を落としながら、言った。

「ああ」カカウは、箱からジタンをさらに一本取り出して口にくわえた。「あいつらは歌舞伎町の半グレ集団だ」

カカウは例によって、「半グレ」を「あんぐれ」と発音したので、ことばの意味を理解するのに少し時間が掛かった。

「半グレ集団？」

てっきりカカウも河原崎を疑っているのだとばかり思っていた。

「歌舞伎町の半グレ集団がどうしてあんたを襲うんだ？」

暴力団と違って明確な組織をなしていない半グレ集団は、警察もなかなかその動向を捕捉できないでいるという。

「ちょっと前にそいつらとひと悶着あってね」

カカウは透明で鮮やかに赤い飲み物には手をつけず、テーブルの上に放置したままにしていた。

「いざこざがあったのか？」

「そう」

カカウは、目の前の赤い液体にじっと目を凝らしている。

「どういういざこざだ？」苛立ちを隠さずに言った。

「そろそろいいだろう」

カカウは私の質問には答えず、小皿に乗ったライムのかけらを取って、グラスの中に絞り入れた。

「グラスの中のカンパリが」カカウが言った。「氷で十分に冷えてからライムを絞る。それがカンパリロックをうまく作るコツなんだ」

カカウは、右手の人差指をマドラー替わりにして、カンパリロックを掻き混ぜた。このご時世、素手で飲み物に指を突っ込むなど、医師会やPTAが見たら大騒ぎしそうな行為だ。

「ルワンダ大虐殺って知ってるか？」

カンパリのグラスに視線を定めたまま、カカウが唐突に言った。

「ルワンダ大虐殺？」

カカウの意図を測りかねて、そうきき返した。

カカウは黙って頷いた。

少し考えてから、

「ある程度は」

と、答えた。

ルワンダは、アフリカ東岸、ビクトリア湖の西側にある、四国のおよそ一・五倍ほどの面積を持つ国だ。一九九〇年代に少数派のツチ族と多数派のフツ族の民族対立が激化し、内戦が勃発した。ルワンダ内戦中の一九九四年、『ホテル・ルワンダ』という映画の題材にもなった大虐殺事件が起こった。このとき、八〇万を越えるツチ族民衆が虐殺されたと言われている。

「おれはルワンダのツチ族の出身だ。大虐殺を逃れてどうにか国を脱出し、紅海からアラビア半島、アフガニスタン、インド、インドネシアを経由して、命からがら日本まで辿り着いた。十四歳のときのことだ」

カカウはそう言うと、カンパリを啜って唇を鳴らし、

「うまく出来た」

と、満足そうに言った。

私は、カカウの出身地を旧フランス領と推測していた。ルワンダはドイツの、続いてベルギーの植民地だったが、フランス語はルワンダの公用語のひとつだ。

カカウの所有物は、ロレックスブラックフェイスにしてもスターリングシルバーのジッポーにしても、すべて高級ブランドばかりだ。あの集金カバンのように見えるバッグでさえ、グッチのものだ。それで私は、カカウの父親は母国の高級官僚かなにかだろう、と推測していたのだ。

ところが事実はまるで違っていた。

カカウが父母や兄弟について語りたがらなかった理由にも察しがつく。恐らく大虐殺の犠牲になったのだ。カカウの手首に刻まれていたタトゥーは、恐らく亡くなった家族の名前だ。

「それにしても、よく日本国籍が取れたな?」

難民が日本で国籍を取得することはほぼ不可能だ、とさえ言われている。ルワンダ難民が日本に帰化したというケースを、私は寡聞にして知らなかった。

「おれを引き取って、養子にしてくれた人がいたんだ」

「なるほど、そういうことか」私はラフロイグを啜った。「奇特な人がいたものだ」

「新宿をシマにしていたヤクザの親分だ」

「ヤクザ?」ぎょっとして、グラスを持つ手が止まった。「あんた、反社なのか?」

「すぐ、これだ」カカウはがっかりした顔をした。

「人に『反社』ってレッテルを貼るのはナンセンスだし、制度化された差別以外の何物でもないよ。裁判も経ず、社会的に差別してひたすら追い詰める。罪刑法定主義を奉じる先進国として、いかがなものかと思うぜ」

「悪いが、法律のことはよく知らないんだ」私は逃げを打った。

「なら、軽々しく人を『反社』などと呼ばないことだな」

私は肩をすくめ、「悪かったよ」と言った。

カカウはカンパリのグラスを口に運びながら、もう片方の手で、「謝罪を受け入れる」という意味を持っていそうなジェスチャをした。

　カカウが再び話し始めた。

「何年か前、半グレとうちの組との間で、遂に縄張り争いのセンソウが起こった。おれたちはそのセンソウで、親父を半グレの連中に取られたのだ。だからおれたちの方も、仕返しに向こうのやつを二、三人畳んでやった」

「取る」「畳む」は、いずれもヤクザの世界の隠語だろう。意味を知りたくなかった。

「あんたがやったのか？」恐る恐るカカウにきいた。

「センソウの中で起こったことだ」カカウは肩をすくめた。「おれかも知れないし、ほかのやつかも知れない。ともかくそれで、おれは連中からマトを掛けられることになった」

　カカウはTシャツの裾をまくって、私に右の脇腹を見せた。

「半年前、やつらに刺されたときの傷跡だ」

傷の長さ自体は短かったが、きっと深くいかれたのだろう、傷跡が大きく盛り上がっていた。

「病院へは行かなかったのか?」

「刺し傷を負った患者は、病院から警察に通報される可能性がある」

「そうなのか?」カカウの顔を見た。

「モグリの医者を知っている」カカウが笑った。「そこで傷を縫ってもらい、抗生物質と鎮痛剤をもらった。今日のあんたと同じだよ」

カカウに言われて、傷のことを思い出した。ふくらはぎの傷の痛みは、このときにはほとんどなくなっていた。

私のは単なるかすり傷だが、カカウのは縦に刃を入れられた刺し傷で、しかも部位は腹だ。深刻さがまるで違う。

「連中、この半年ほどは静かだったんだが、どうやらまた始まったようだ」カカウは頭を左右にゆらゆらさせた。

「スタンガンを持ち歩いているのは、半グレ集団に対抗するためだったのか?」

「正確に言うと、ちょっと違う」カカウは、こちらがゾッとするような物凄い笑みを浮かべた。

「あれなら連中を殺さずに済むからだよ」

自分が半グレ集団に狙われていて、天空橋で私たちを襲ったのはその一味だ、そうカカウが考えていることは分かった。だが半グレ集団は私を道路に突き飛ばしたり、私の上に植木鉢を落としたりはしない。あのふたつの事件は、半グレ集団のしわざでは説明がつかないのだ。

　カカウが、カンパリのお替りを注文した。

「おまえまでおれの個人的なトラブルに巻き込んでしまい、申し訳ないと思っている」カカウがテーブルに肘をついた。「きょうで首にしてもらって構わない」

「その前に確かめておきたいことがある」私は言った。「あんたが牧村さんと知り合ったきっかけは、ルワンダ復興基金なんじゃないか？」

「その通りだ」カカウが答えた。「イデには、基金を通じて生まれ故郷のムガベ地区の復興を支援してもらっている」

「やっぱりそうか」

　私はラフロイグで唇を湿らせた。

「ルワンダ復興基金」は、バイオソニックが数年前に作った財団法人である。ＣＦＯの牧村が、ルワンダ復興基金の理事長を兼任している。基金が設立されたとき、純一郎に頼まれて、私も少額ながら寄付を行った。

　私の寄付など、純一郎に比べたらすずめの涙ほどの金額である。とはいえ、当時の私にとって、十万円は大金だった。純然たる理系人間の私に、ルワンダ大虐殺についての知識が多少なりともあるのは、あのとき詳しく調べたからである。

ルワンダは、九〇年代の内戦が収まると、「アフリカの奇跡」と言われる年率七％にも及ぶ経済成長を遂げた。だが首都キガリから数十キロ離れた山間地区には、カカウの故郷ムガベのような、その日の食料にも事欠くような最貧困地区が今も広がっている。

カカウの前に、カンパリロックの新しいグラスとライム片が運ばれてきた。

「おれはイデに大きな借りがある」カカウが言った。「この仕事を引き受けた理由も、それだ」

ようやく得心が行った。

これまで私は、牧村とカカウとの関係は、やまと銀行時代の牧村とカカウの父親との関係によるものだろうと推測していた。つまりカカウと牧村とは直接の知り合いではない、そう考えていたのだ。だがカカウは、エリートの子弟などではなくルワンダ難民の生き残りで、育ての親は新宿のヤクザだった。カカウと牧村を繋いでいたのは、牧村が理事長を務める「ルワンダ復興基金」だったのだ。

これで、カカウが、エリートでスクエアな、まるで毛色の違う牧村のことを気安く「イデ」と呼んでいることにも、牧村がカカウに深い信頼を寄せていることにも、ようやく納得がいった。

「ようやくあんたの生い立ちや、牧村さんとの関係が分かったよ」

「そいつはよかったな」カカウが気のない返事をした。

「おれにとって、このことにはたいへん大きな意味があるんだ」

私は大きく息を吸い込んだ。

「今日、美咲のマンションで、だれかがおれ目掛けて上から植木鉢を落としてきた。危うくおれは大怪我を負わされるところだった」

カカウの顔から表情が消えた。

「偶然の事故じゃないのか？」

「五階のフロアで確認した」私は言った。「だれかが植木鉢を固定してあった金属製のワイヤを切って、植木鉢を上から落としたんだ。その証拠に、切られたワイヤがその場から持ち去られていた」

「どうしてそのことをいままでおれに黙っていた？」

私は小さく溜息を吐いた。「あんたのしわざじゃないかと、疑っていたからだ」

カカウの顔に一瞬微妙な表情が浮かんで、すぐに消えた。

「あそこのマンションは」私は続けた。「セキュリティが厳しくて、指紋認証なしにはエレベータに乗り降りできない。だが、あんたと日向美咲が繋がっているとしたら話は別だ」

カカウは私と会う前から美咲の住所を知っていた。

「ほお、どう別なのかな？」カカウが皮肉めいた口調で言った。

「美咲があんたを手引きしてマンション内に引き入れ、エレベータで五階まで連れて行けばいい」私はラフロイグで唇を湿らせた。「しかもおれが車に戻ったとき、あんたはこれ見よがしに運転席で居眠りをしていた」

カカウは、頭を左右にゆらゆらと揺らした。

「あのときのおれには、あんたが事件への関与を誤魔化すため、見え透いた狸寝入りをしているようにしか見えなかったんだよ」

「ただ眠たかっただけだよ」

カカウは肩をすくめた。

「水天宮通りで」私はさらに続けた。「危うく車に轢かれそうなところをあんたに助けてもらったが、おれは、あれも、もしかしたらあんたの狂言だったのではないか、と疑い始めた。おれを突き飛ばしておいて、その直後に自分でおれの前腕部を掴む。物理的には充分可能だ」

「なるほどね」カカウはしらけたように言った。「では逆にきくが、どうしておれの疑いは晴れたんだ？」

「おれは植木鉢の事件を、頭の中で何度もシミュレーションしてみた。だが、何度やっても、あんたと美咲の動きは、植木鉢が落ちてきたタイミングには間に合わないんだ」

あのとき私はカカウをあとに残してポルシェを降りた。だから確実にカカウよりも早くマンションに到着している。そのあと私はずっとロビーにいた。だれかがロビーに入ってくれば、すぐにそれと分かる場所にいた。しかし後から入ってきた人間はだれもいない。だからもしもカカウがマンション内部に入ったとしたら、通用口からということになる。あのマンションにはほかに出入口はない。

その場合、美咲は一旦エレベータで一階まで下りて、カカウのために通用口を開けてやらなくてはならない。指紋認証なしでは外から扉は開かないからだ。

あのエレベータは、一階以外は降りるときにも指紋認証が必要だから、カカウが五階でエレベータを降りるためには、美咲もカカウと一緒に再び五階までエレベータで戻らなければならない。結局、美咲は、私とロビーで会うまでに、五階と一階の間をエレベータで一往復半もすることになる。

しかしあのエレベータはカタツムリのように遅いときているから、美咲が私からの連絡を部屋で受けてから、五階と一階を五分以内に一往復半もすることなど事実上不可能なのである。

「それに、さっき、天空橋であんたは連中からおれを守ってくれた」

「それだって狂言かも知れないぜ」

「確かにその可能性はゼロとは言えない」

私がそう言うと、カカウが呆れたという顔をした。「おまえはとことん食えないやつだ」

「悪かったな」苦笑しながら、ラフロイグを舐めた。

「おれにはまだ分からないことがある」カカウが私に言った。「どうして、おれがおまえに危害を加えると思ったんだ?」

「あんたと河原崎が繋がっているのではないか、そう疑ったからだ」

その場合は、自動的に、日向美咲も河原崎と繋がっている、ということになる。

「おれがカワラザキと?」カカウが目を見開いた。

「だがさっき、あんたと牧村さんの関係を聞いて」私はテーブルに身を乗り出した。「あんたが河原崎の手先である可能性は限りなくゼロに近いという確信が持てた。復興基金の件があるから、あんたが牧村さんを裏切るはずはない、いや裏切ることはできない」

「おまえは、車に轢かれそうになったのも、植木鉢を落とされたのも、それにきょうの天空橋の連中も、全部カワラザキの差し金だと思っているのか？」

「この事件は河原崎が陰で糸を引いている。おれはそう確信している。いますぐ純一郎探しを止めろ。そういう警告だ」

「だとしたら、だ」カカウは、箱から取り出したジタンに火を点けた。

「だとしたら、なんだ？」

「どうしておまえはジュンイチロー捜索から手を引かないんだ？」カカウは紫色の煙を吐き出した。「すべてカワラザキからの警告だとするなら、ジュンイチロー捜索をやめれば、おまえの身の安全は約束されるわけだろ？　ジュンイチローは勝手に失踪した。それでＣＥＯを解職されるのはあいつ自身の身から出た錆だ。ジュンイチロー探しは、おまえが身の安全を危険に曝してまでしてやるようなことか？」

カカウの言う通りだった。

純一郎の捜索は、自分の身の安全を懸けてやるようなことではない。だが手を引くという発想は一度も頭に浮かばなかった。

私は黙った。

なぜだろう?

しばらく考えてから、言った。

「たぶん、脅せば引っ込むと思われていることが許せないんだ」

そしていつもカカウがやるようにニカっと笑った。

カカウは、一拍置いて、肩をすくめた。

「確かに舐められちゃおしまいだな」

私はマスターに水を一杯頼んで、なにげなく時計を見た。十一時になろうとしていた。

「まずい」牧村への二回目の状況報告をすっかり忘れていた。「ちょっと外で牧村さんに電話してくる」

重い扉を押して外に出ると、雨が降ったせいか、深夜だというのに夕刻以上に蒸し暑かった。いつもなら首都高や六本木通りからひっきりなしに聞こえる自動車の騒音がなく、そこが西麻布のど真ん中だとは思えないほど静かだった。

牧村はなかなか電話に出なかった。そろそろ切ろうかと思い始めた八回目のコール音のあと、ようやく牧村が電話に出た。

「Qさん?」牧村が驚いたように言った。

これには拍子抜けした。遅くてもいいから必ず連絡するように、と自ら指示を出しておきながら、いざ私が連絡を入れると驚くとは。

「報告の電話をと思ったのですが、ご迷惑でしたか？」

「ちょっとお待ちください」

牧村がだれかをなだめている様子が、電話越しに伝わってきた。

「もしもし？」牧村が電話口に戻ってきた。「すいません、隣で寝ていた妻を起こしてしまいまして。リビングに移動したからもう大丈夫です。で、どうでしたか？」

「だめでした」

「織原の恋人の情報で動いたんでしたよね？」口調が不本意そうだった。

「教えられた住所には、純一郎のラボらしきものは影も形もありませんでした」

「織原の恋人が嘘を吐いたということですか？」

眉間に皺を寄せている牧村の顔が、目に浮かんだ。

「分かりません」

植木鉢の一件といい、天空橋の六人組といい、どちらも美咲が絡んでいる可能性が高かった。天空橋で暴漢に襲われたことを、牧村に言うべきかどうか逡巡した。警察に話す気はなかったから、わざわざ牧村にそのことを話して不安に陥れる必要はないようにも思われた。

一方で、牧村は、純一郎を防衛し河原崎誠一に対抗するチームのハブである。河原崎の卑劣な行為について、牧村は是非とも知っておくべきだとも思えた。

「ご報告がひとつあります」意を決して言った。「さっき、天空橋で六人組の暴漢に襲われました」

牧村が電話の向こうで絶句するのが分かった。

「向こうは」私は続けた。「都心から我々の車を尾けてきたようです。全員武器を持っていました」

電話の向こうから、低い唸り声が聞こえた。

「実を言うと、それ以外にも二度ほど似たような目に遭っています」

「二度？　いったいどんな目に遭ったのですか？」牧村の声が震えていた。

私は、トラックに向けて道路に突き飛ばされたこと、美咲のマンションで上から植木鉢を落とされたことを牧村に伝えた。自分で話しておきながら、現実味がまるで感じられなかった。

「信じられない……」牧村が呟くように言った。

「右に同じです」

ＣＥＯの座欲しさにそこまでやるとは、河原崎の強欲さは限度を超えている。

「ぜんぶ河原崎のしわざだとお考えですか？」

「そう思っています」私は言った。「きっと、純一郎を探すな、という警告のつもりでしょう。当然、純一郎が現在失踪中であることも、河原崎は知っているということになります」

悪い検査結果を伝える医者のような気分だった。

「まずい。まずいぞ、それは」

冷静な牧村が、明らかに狼狽していた。

「それを前提にもう一度戦略を組み直すべきでしょうね」

「ところで、Qさん」牧村が咳払いをした。「このことを、警察には？」

「話していません。今後も話すつもりはありません」

牧村が安堵（あんど）の溜息を吐くのが、電話越しに聞こえた。

もしも私が警察に通報すれば、いま牧村が水面下で行っている隠密作戦はすべて水泡に帰すことになる。そればかりではない。下手をすると、純一郎の失踪癖、河原崎の謀反など、バイオソニックが社内に抱えるダークな部分が、すべて白日の下に曝されることになるかも知れない。

「明日、もう一度純一郎の彼女を問い詰めに水天宮に行ってきます」

「また飛び込みで行く気ですか？」牧村がたじろいだように言った。

「さすがに今回はアポを取りました。駐車場も押さえてくれましたよ」

「何時ですか？」

「十一時半です。その後一緒に昼飯を食うことになっています」

「だったら、人形町にうまい稲庭うどんを食べさせる店がありますよ」

牧村が店の名と場所を教えてくれた。

「あなただけが頼りです」牧村の声に、幾分落ち着きが戻ったように感じた。「なんとか期限までに織原を見つけてください」

「鋭意努力します」

そう言って、電話を切った。

店内に戻ると、テーブルにカカウの姿がなかった。

椅子に腰を下ろし、マルボロに火を点け、足を組んで背凭れに寄りかかった。店内に、トニー・ベネットの『ストレンジャー・イン・パラダイス』が静かに流れ始めた。カカウがトイレから戻ってきた。相変わらずと言うべきか、やけに眠たそうな顔をしている。

「もう、おねむか？」カカウをからかった。「まるで子供だな」

「んなわけあるか」

呂律(ろれつ)も怪しかった。カカウは案外酒に弱いということが分かった。ガタイの良さからは想像できないが、カンパリ一、二杯でずいぶん酔っぱらったようだった。

「それより、イデ、なにか言ってたか？」カカウはどさりと椅子に腰を下ろした。

「いや、特別なことはなにも」

「今日はもうすでに一回電話で話してるしな」

カカウが、ブラックオリーブをひとつ口の中に放り込んだ。

そうなのだ。相手は牧村だけではない。カカウ、水上、日向美咲と、電話嫌いの私が、日に何度も何度もあちこち、しかもこちらからも電話を掛けている。

テーブルの上にあったカカウのスマートフォンが、短いチャイムの音を立てた。それを合図にしたように、カカウが椅子から立ち上がった。

「運転代行が店の前に着いた」

「そうか」

私もデイパックをつかんで、立ち上がろうとした。

「おっとっと」カカウが、私を両手で制して言った。「おまえはもう少しゆっくりしていくといい。おれのガサはあんたの家とは方向がまるで違う。悪いが、今夜は自分でタクシーでも捕まえて帰ってくれ。そんじゃまた明日」

「おい、ちょっと待てよ」

カカウは背中越しに手を振り、八代亜紀を鼻歌で歌いながら店を出ていった。

第五章　憂鬱な鯨～だれかが嘘を吐いている

前夜久し振りに痛飲したせいか、軽い頭痛を覚えた。そもそも処方薬を服用しているのに、酒など飲んでよかったのか。足の傷は縫わなければならないほど深かったが、きれいに切れていたせいか痛みはほとんどなくなっていた。

化膿することだけが怖かったので、キッチンへ行き医者から処方された抗生剤を飲んだ。そのままキッチンでコーヒーをドリップし、その間に洗顔と歯磨き、シャワーを済ませ、マグカップを持ってリビングに戻った。

時計を見ると、午前十時を過ぎていた。なにげなくテレビをつけた。不思議なことに、引きこもる前の、まだサラリーマンだった頃の生活習慣が復活しつつある感じだった。ワイドショーの司会者は、「東京の一日当たり感染者が四日連続で三百人を下回った」というニュースを、ひどく残念そうな口調で話した。

夏の間、私は一晩中エアコンを消さない。だから室内はいつもたいへんに涼しい。その涼しい室内で熱いキリマンジャロを啜っていると、弁護士の水上から電話が掛かってきた。

「ピノートから、こちらのオファーに対する返事が届きました」

「異様にレスポンスが早くないか？」

なにかの間違いではないかと思い、水上にきき返した。水上と最後に電話で話してから、まだ十五時間しか経っていない。

「基本的な条件だけで、細部の詰めはこれからです」水上が言った。「米国および販売エリアを拡大した場合の各国におけるロイヤリティについて、すべて一〇％で了承だそうです。やはり三年契約にしたいと言ってきましたよ」

かつてピノートよりもだいぶ小振りな日本企業に勤めていたが、それでもこの手の決裁には最速でも一週間は掛かった。ピノートは巨大な多国籍企業だ。基本的な条件だけとは言え、図体の大きいピノートがこれほど素早く意思決定できるとは、俄かには信じがたかった。

「いくらなんでも早すぎる」独り言が口を衝いた。

「これほど早く、しかもこちらの望んでいる通りの条件で契約を結べそうなんですよ。ここは欣喜雀躍すべきところです」水上は不満そうだった。

「なにか裏があるんじゃないだろうか？」

「裏って、いったいなんですか？」水上が鼻で笑った。「ピノートでは、この契約は特別決裁事項に指定されたそうです。稟議開始当日のうちにＣＥＯまで上がる決裁事項ですよ。ピノートにとって、なんとしても確保すべき重大な契約案件だということです」

私は天井を見ながらしばらく考えた。

依然として腑(ふ)に落ちないものを感じていたが、悩んだところでどうなるものでもなかった。細部を詰めていく過程で、私の漠然とした疑問がすっかりクリアになるかも知れない。

「では前に打ち合わせた通り、こちらはロイヤリティを五％削るからその分価格を下げてエンドユーザーに還元して欲しい、とピノートに言ってくれ」

「承知しました」

「それじゃ」

私がそう言って電話を切ろうとすると、水上が「ちょっと待ってください」と、慌てて私を引き止めた。

「なんだ？」

「ピノートが、Ｑさんの個人情報についての照会を求めてきました」水上が言った。「生年月日、出生地、年齢、学歴、家族、職業などについてです。もちろん守秘義務契約は交わす、と言っています」

「前の契約のときは、そんな面倒なことは言わなかったのにな」

「ＣＥＯ決裁ともなると、話が違うんじゃないですか？」

確かに前回の契約当事者はプロダクト・マネージャーだった。

「Ｑさんが拒絶したら、彼らは独自に探偵社を使っていまの件を調べますよ」

「じゃあ、どうしてわざわざ照会してきた?」

「あなたの個人情報を当社は知り尽くしているが、そのことでいちいち驚いたり腹を立てたりしないでくれ。ピノートからのそういうメッセージではないでしょうか?」

「分かった」

「おや、ずいぶん素直ですね?」

拒絶したところでどうせ調べられるというのなら、余計な波風を立てる必要はない。

「そっちで把握しているおれの個人情報は、全部ピノートに出してもらって構わない」

「承知しました」

水上の事務所は、私の個人情報の必要な部分を概ね把握しているはずである。水上が電話を切ろうとしたが、「ちょっと待って」と、今度は私の方が水上を引き止めた。

「ちょっと教えて欲しいんだが」

少し気になっていたことがあった。

「なんでしょう?」

「遺産相続についての疑問だ」

「どうぞ」

「ある大金持ちが突然失踪したとする」

「はい」

「その場合、妻は失踪した配偶者の遺産をすぐに受け取ることができるかな？」

「相続は死亡により開始します。失踪によっては開始しません」

「おれたちが使う平たいことばで言うと、どういうことだ？」

苦笑しながら、水上にきいた。

「配偶者が失踪しただけでは遺産は受け取れません。生きているかも知れないわけですから」水上が言った。「ただしこういう手続きが認められています。利害関係人が『不在者の失踪宣告をして欲しい』と裁判所に申立てをすることです。裁判所が失踪宣告をすれば、その不在者は死亡したとみなされ相続が開始しますので、相続人は遺産を相続できるようになります」

「実際に失踪宣告が出されたことは、過去にあるのか？」

法律には、規定はあるが現実に運用されたことはない、みたいなことが多々ありそうだ。

「当然ありますよ」水上は、当たり前だろう、という口調で言った。

「しかし、すぐというわけには行かないんだろう？」

「普通失踪の場合、不在者の生死が七年間明らかでないとき、というのが条件です」

「なんだ、その普通失踪って？」

失踪に普通の失踪と普通じゃない失踪があることを、初めて知った。

「簡単に言えば、天変地異や災害、海難事故などの特別な場合以外の失踪です」

ということは、今回の純一郎の「失踪」は「普通失踪」に当たるということになる。

優子が遺産目当てに純一郎を殺害し、永久に失踪したように見せ掛ける。そうすれば七年後には、純一郎の遺産が手に入るのだ。恐ろしい想像だが、純一郎から聞いている優子の性格からすると、ありうる話のように思えた。

「どうしたんですか、急に？　だれかそういうお知り合いでもいるんですか？」

水上がいきなり図星を指してきた。私は慌ててお茶を濁そうとした。

「逆に、もしも今おれが死んだら、UB40の権利はどういうことになるんだ？」

なにがなんの逆なのだか、さっぱり分からない。

「それも興味深いテーマですね」

水上はしばらく黙っていたが、やがておもむろに話し始めた。

「Qさんの場合、奥様とお子さんを事故で失っていて、ご両親もすでにお亡くなりになっています。しかも一人っ子で兄弟がいない。すなわちQさんには法定相続人がいないということです」

遺産などないも同然だったから、いままでまったく気にしたことがなかった。

「おれが死んだら、すべて自動的にどこかに寄付されたりするのか？」

我ながら、ばか丸出しの質問に聞こえた。

「相続人のいない遺産は、原則としてすべて国庫に帰属します」

「国に取られるのか？」

水上が乾いた笑い声を立てた。

「国が、相続人や遺産をわざわざ調べて取り立てに行ったりはしません。手続きが始まるのは、利害関係人などが家庭裁判所に申し立てた場合です。

その後、所定の期間を経てもだれも相続人が名乗り出てこなければ、清算後に残った財産は最終的には国に帰属する、という話です」

「要は、だれもなにも言わなければ死んだ人間の預金などほったらかし、ってことだな?」

「まあ、そう言って言えないこともないですね」水上が苦笑いした。

どこかの政党が、下劣にもこの死者の預金を「埋蔵金」という名前で呼んでいたことを思い出した。

「ところで、ここが重要なのですが」

水上が強調した。「知的財産権はこの『原則』には従わないのです」

「どういうことだ?」

「UB40の権利を例にしましょう。もしも相続人不在のままあなたが死んだら、UB40の権利はただ消滅するだけです」

「消滅?」私は困惑した。「意味が分からないんだが?」

「文字通りの意味ですよ。権利自体がこの世界から消えてなくなるんです。QさんはUB40に関する特許権を保有しています。知的財産権というものは、特許権がその代表ですが、Qさんが死んでなおかつ相続人がいない場合、権利そのものがこの世から消滅します」

ただ単にこの世から消滅する——

私は、突然あることに思い当たって慄然とした。

「どうかしましたか?」

私が黙っていると、水上が怪訝そうに言った。

「なんでもない」またお茶を濁した。「苦労して手に入れた権利なのに死んだら消えてなくなると聞いて、ちょっとショックを受けたんだ」

「これから大金持ちになろうって人が」水上が笑った。「今から死んだらどうしようなんて心配をするとは、いったいどれだけの取り越し苦労ですか?」

「だな」水上に調子を合わせた。

「では、先ほどご指示のあったピノートとの交渉の件は私の方で進めておきます」

水上は、そう言って電話を切った。

私はソファの上で石のように固まったまま、しばらく動けないでいた。

河原崎誠一が純一郎を狙っているのではなく、ピノートが私を狙っているのではないか?

そのような想像に取り憑かれていたからだ。

もしも私が死ねば、ピノートはだれかにロイヤリティを支払う義務が永久に消滅する。なにしろ権利そのものが、この世からぱっと消滅してしまうというのだ。そう考えると、ピノートからの返事が異様にスピーディだったのにも納得がいった。どうせ私を殺すのならば、細々した条件に頓着する必要など端(はな)からない。だとすると、この期に及んで私の個人情報を照会してくるとは、ピノートとはいったいどれほど面の皮が厚い悪徳企業なのだ？

暗澹(あんたん)たる気分でいると、壁のインターホンが鳴った。モニタ越しに「すぐ下に降りる」とカカウに伝え、マスクを掛け、デイパックを担いで部屋をあとにした。

エントランスで落ち合うと、カカウは胸に「ＵＣＬＡ」と白抜きの文字が大書された、真っ赤なＴシャツを着ていた。別の服とはこれのことか。

「いったいどういうファッションセンスをしてるんだ？」呆れて言った。

「おまえには言われたくないね」カカウは、鼻をすんっと鳴らした。

相変わらず不吉なアイドリング音を響かせるポルシェに乗り込み、駒岡(こまおか)のマンションを出発した。約束の時間に少し遅れそうだったので、多摩川大橋を越えたあたりで美咲に電話を入れた。

美咲はすぐに電話に出た。

「すいません、ちょっと遅れそうです」

「あら、そう」美咲はあっさりと応じた。「慌てなくていいから、安全運転で来て」

もっときついことばを想定して身構えていたので、少し拍子抜けした。

その途端、ちょっとしたいたずら心が頭をもたげた。

「純一郎探しを手伝ってくれているアシスタントの子も、一緒に昼食に連れて行ってやりたいんですが？」

遠慮がちに聞こえるように、美咲に言った。カカウの視線がこちらに向いたのを感じた。

「あら、可愛い子？」

「どうでしょう、見方によるかな？」

そう曖昧に答えると、美咲が笑った。

「遠慮なく連れてきて。会うのが楽しみ」

私も楽しみだ。

「ありがとうございます。ではのちほど」

そう言って、電話を切った。

「念のために、きくんだが」

運転席のカカウが、まっすぐ前方を見ながら言った。

「そのアシスタントの子っていうのは、ひょっとしておれのことか？」

「もちろんだ」私は言った。「だれかほかにいるか？」

会話の内容の予想がついたのだろう、カカウは、呆れたとでも言いたげに頭を左右にゆらゆらさせた。

前々日といい前日といい、完全に美咲のペースでものごとが推移し、殊に純一郎のラボの件では、美咲からいいように振り回されて終わった。どうかして、美咲をぎゃふんと言わせてやりたかったのだ。

「ゲン担ぎかなにかか？」

高速羽田線がちょうど大井競馬場に差しかかかったあたりで、カカウが言った。

「なんの話だ？」

「Qって呼ばせてる理由だよ」

虚を衝かれ、私は黙った。

「なにかわけがあるんだろう？」カカウが言った。「おれも昨日家族の話をしたんだ、ここはひとつおまえも話すべきじゃないか？」

私は逃げ場を失って、溜息を吐いた。

「自分の名前がきらいなんだ」

「名前がきらい？」

カカウが横を向き、助手席にいた私の顔を見た。

「本名は、鯨亀鳳丸（くじらきほうまる）と言うんだ」

鯨にしても亀鳳丸にしても、頭文字はQだ。

「なんだ、それ？」

なんだそれ、はないだろう。

「鯨って、あの海にいるオエイルの鯨か？」

カカウは「ホエイル」を「オエイル」と発音した。

「そうだ」額を小指の先でこすりながら、言った。

「せっかく苗字が鯨だから、苗字に負けないくらいデカい名前にしてはどうか？　父親がそういう余計なことを思い付いたらしい」

「キホーマルって、どういう意味だ？」

今にも吹き出しそうなのを、どうにか堪えているような口調だった。

「亀と鳳凰に牛若丸の丸。亀も鳳凰も、中国の故事に出て来る架空のおめでたい巨大生物だ」

そう真面目に答えると、

「おめでたい巨大生物！」

カカウが遂に吹き出し、ようやくそれだけ言いおおせると、あとは運転が心配になるほど馬鹿笑いした。

だから言いたくなかったのだ。

美咲から指定されたマンション地下の来客用駐車スペースに車を停め、カカウと一緒に階段を上って外からエントランスに向かった。インターホンで５１２号室を呼び出すと、しばらくして美咲が出た。

「はーい」

私には声しか聞こえないが、向こうにはこちらの姿が見えているはずだ。私はカカウがカメラに映らないよう、注意深く自分の身体のアングルを取った。

「いま玄関です」

当たり前のことを言った。

「うん、知ってる」

後悔した。

「すぐ下りるから、ちょっとそこで待ってて」

美咲は、それだけ言うとすぐにインターホンを切った。この日はロビーにいれてもらえず、外で待つことになった。前日の「事故」があったからかも知れない。時刻は十一時四十五分だった。気温はすでに三十度を越えていただろう。

「ちょっと我慢だな」

額の汗を手の平で拭い、カカウに向かって肩をすくめた。

「うちは代々暑さに強い家系だ。問題ない」

カカウは、そう言うとニカっと笑った。

ものの四、五分で美咲が下に降りてきた。美咲は行動が素早く要領がよかった。

この日の美咲は、濃紺のノースリーヴにＬＥＥのダメージド・ジーンズ、ニューバランスの白いスニーカーというラフな格好だった。

「怪我の具合はどう?」私の顔を見るなり、美咲が言った。「ちゃんと病院に行った?」

「美咲さんの応急処置が良かったお蔭で、処置が軽くて済みました」

「良かった」美咲があたりを見回した。「アシスタントの子はどこにいるの？」

カカウは、エントランス脇の壁に背をもたせかけていた。

「そこにいますよ」

身体をずらして、カカウが見えるように美咲の視界を空けた。

マンションの壁に寄りかかっていたカカウを目にすると、美咲はぎょっとした顔をしてのけぞった。

それから私に顔を近づけて、

「あの人がそうなの？」

と、耳元で囁くように言った。

私が「そうです」と答えると、

「可愛いかどうかは、確かに見方によるわね」

と、言った。

取り敢えず、私の溜飲は下がったと言えよう。

私はカカウを呼んで、美咲を紹介した。

「こちらが日向美咲さん」次にカカウを美咲に紹介した。「そしてこっちがカカウ。クロード・カカウ」

図らずも、ジェームズ・ボンドの自己紹介のような紹介の仕方になった。

「こんちは」

クライアントでもパートナーでもないからか、カカウは砕けた調子で美咲に挨拶した。美咲もなにか挨拶のことばをいい、いつもの申し分のない、あざとカワイイスマイルをカカウに浴びせかけた。

「さてと、実は、ある人からいい店を教えてもらったんですが？」

無意識に揉み手をしながら、美咲にきいた。少しの自己嫌悪。

「どこかしら？」

「五分ぐらい歩いたところにあるおいしい稲庭うどんの店です」

「いいね」カカウが右手の親指を立てた。

「『鳥籠(とりかご)や』ね。そうしましょう」美咲も了承した。

「じゃ、行きましょ」

美咲は、すたすたと率先して歩き出した。

遠くの、ばか高いフレンチとかにならなくてよかった。尤も、金を払うのは最終的には牧村だが。

その店は比較的繁盛しているようで、私たちのほかに水天宮帰りの赤ん坊連れの家族、近所で働いているらしいサラリーマンふたり組、若い女性の四人連れと、三組の客がいた。

コロナのせいでテーブル席にはそれ以上座れなかったので、私たちは一席ずつ間を空けてカウンター席に着いた。どうにも話がしづらかった。右側に座っていたカカウに、口の形で「あとで」と伝え、ここは食べるだけにして、話をするのは別の場所にしようと決めた。

つけ汁につけて食べるタイプのそのうどんは、細いが張りと歯ごたえがあり、なかなかに美味しかった。そして、もう少し食べたい、と思うような絶妙な分量だった。

先に食べ終わったので、美咲に「ごゆっくり」と言いおいて支払いを済ませ、カカウと一緒に店の外に出た。外に、待機用の小さな籐製のベンチがあった。人通りがなかったから、一服したいところだったが止めておいた。四、五分ほどすると、がらがらと扉の開く音がして美咲が店から出てきた。

「ごちそうさま」

美咲が目尻を下げて言った。自分で金を払う気など天からなさそうだった。

「どこかその辺でお茶でもしましょう」

途中開いている店があったら入ることにして、甘酒横丁の、前々日に入った喫茶店を目指すことにした。結局、途中に開いている店はなかった。

店には、近隣の住民と思しき高齢女性のふたり客がいた。私たちは窓辺の広い席に座を占め、カカウがジタン、私がマルボロ、美咲がなにかのメンソール煙草をテーブルの上に置いた。美咲がマスクを外すと、高齢の女性客が美咲の方を見てなにかひそひそと話し始めた。

水を運んできた婦人にそれぞれ飲み物を注文し、三人が三人とも煙草に火を点けた。やがて、めいめいの飲み物がテーブルに運ばれてきた。ここからが本番だ。

「きのう天空橋に行ったんですが」ひとつ咳払いをして、話を切り出した。「美咲さんから教えてもらった場所に、純一郎の実験室はありませんでした」

「ちゃんと探したの？」美咲は、私を責めるように言った。

「もちろんですとも。しかしあそこには実験室など影も形もありませんでしたよ」

「どうしてだろうなあ？」

カカウが、窓の外に視線を向けたまま独り言のように言った。

カップを持っていた美咲の手が、空中で止まった。

「純ちゃんがわたしに嘘吐いたってこと？」

「あなたが嘘を吐いたのかも知れない」

そう言って美咲の目を見据えた。しかし、美咲は心ここにあらずで、こちらの言うことをまったく聞いていなかった。

「分かった」美咲が突然膝を打った。「目的は浮気ね。純ちゃん、天空橋の研究室にこもるって口実で、そのあいだに女に会うつもりだったんだわ」

美咲はそう言うと、突然向き直って私を睨みつけた。

「あなた、なにか知ってるわね？」

話が思わぬ方向に進み、一瞬たじろいだ。

「私はなにも知りません」

真実ではあったが、言い方がまずかった。美咲には、私が純一郎の浮気を隠しているようにしか聞こえなかっただろう。

「やっぱり、そうなのね」美咲が確信したように言った。

カカウの方を見ると、「だから言わんこっちゃない」とでも言いたげな表情で、すっと私から視線を逸らした。

「えー、そうじゃなくてですね」

私は、どうにかして状況の打開を図ろうとした。

「そうじゃなきゃ、どうして純ちゃんがわたしにそんな嘘を吐くのよ?」

切羽詰まって、美咲の顔を、次にカカウの顔を見た。ふたりとも眉間に深い皺を寄せていた。上手に美咲を誘導して嘘を認めさせようと画策したのだが、まったくうまくいかなかった。

方針を変更せざるを得ない。

「実はきのう、天空橋で六人組の暴漢に襲われました」

思い切って事実を言った。

「なに、それ?」

美咲はぽかんとした顔をした。

「聞きたいのはこっちです」そう答えて、続けた。「きのう、あなたのマンションで、私は危うく植木鉢をぶつけられるところだった。次にあなたから行くように言われた天空橋では、六人組の暴漢に襲われた」

　美咲の顔から表情が消えた。

「私は、あなたがこれらの事件に関与しているのではないかと疑っています。きょう訪ねてきたのも、それを確かめるためです」

　美咲が大きな溜息を吐いた。

「どうでもいいけど、ものすごい言い掛かりね」美咲が、呆れたという表情をした。「わたしがそんなことをする理由が、なにかあるのかしら？」

　カカウと顔を見合わせた。カカウが顎を突き出し、「言え」というサインを出した。

「だれかが、私たちが純一郎を見つけるのを妨げようとしています」

「なんで？」美咲は、私の顔をまっすぐに見て言った。

　私は黙った。

　もし美咲が事件に関与していないのだとしたら、当然抱く疑問だ。

　純一郎がもしこのまま姿を現さなければ、河原崎からバイオソニックＣＥＯの座を追われることになる。このことは、いろんな意味で、美咲にはまだ伏せておきたかった。もし美咲が河原崎と通じていたら、私たちが河原崎の策略に気付いていることが河原崎にバレてしまうからだ。

「あの女なんじゃない？」美咲が、唐突に言った。

「あの女?」

「織原優子よ」

「え?」

思わず目を見開いた。

「離婚調停がらみで急な問題が持ち上がってるって、あなた言ってたじゃないの。あの女、財産をふんだくろうとして、純ちゃんを誘拐したんじゃないかしら?」

「夫殺しはたいてい妻のしわざだからな」カカウが余計なことを言った。

「うそでしょ? 純ちゃんが優子に殺されてるっていうの?」美咲が気色ばんだ。

私はカカウを睨みつけた。

「事実を言ったまでだ」カカウはそう言って、肩をすくめた。

「あの女」美咲が言った。「浮気の証拠写真を突き付けたら、興奮して拳で純ちゃんに殴り掛かってきたらしいわ」

「おれもジュンイチローからそう聞いた」カカウが頷いて言った。「おれたちも織原優子を追及しようと思っているんだ」

カカウが、また余計なことを言った。

「やっぱりあなたたちも優子を疑ってたんじゃないの」

優子を大きく疑っているのはカカウで、私の方は少ししか疑っていない。

嘘を暴くつもりで美咲を訪ねたのだが、まったくできなかった。しかも美咲の言い分がこうである以上、純一郎が出てこない限り、天空橋の真偽をはっきりさせることはほぼ不可能だった。

私は数回頭を振った。

「今日のところはこれで失礼します」

美咲にそう言って、立ち上がった。

「これから優子のところに行くの？」座ったまま美咲が言った。

返答に窮して黙ると、

「だったらわたしも行く。会って優子と話すわ」

と、美咲が言った。

唖然とした。

「純ちゃんが誘拐されたっていうのに、家でのんびりしてるわけにはいかないわ」

「誘拐なんていうのは、極端過ぎる仮説です」美咲を押しとどめようとして言った。

「だって、離婚調停がらみで問題が持ち上がってるんでしょう？」美咲が私に反論した。「だったら、誘拐は極端にしても、真っ先に優子を疑うべきよ」

その作り話を美咲に吹き込んだのは、ほかならぬこの私だ。私は、絵に描いたような自縄自縛の罠(わな)に落ちていた。

「しかしあなたが直接優子さんに会うのは、いくらなんでも無茶です」どうかして美咲を思いとどまらせようとした。「理由は言わなくてもお分かりでしょう?」

離婚調停の最中に、夫の秘密の愛人が別居中の妻に会いに行く。そんなイカれた話は聞いたことがない。

「わたしの存在を優子は知らないわ」

「だったらなおさら、いま知られてはまずいでしょう」

「あなたのアシスタントってことにすればいい」美咲がカカウを目で示した。「この人みたいに」

私は溜息を吐いた。

「あなたはご自分が有名人だということをお忘れのようだ」当然のことを指摘した。

「こうすれば」美咲は、テーブルの上に置いてあったマスクを取って顔に着けた。「いまどきは逆に自然だし、わたしがだれかなんて絶対に分かりっこないわ」

「本気ですか?」呆れて言った。

「本気も本気、おお本気よ」

美咲はそう言うと、ハンドバッグを取って立ち上がろうとした。

「協議しますから、ちょっと待ってください」

慌てて美咲を制止し、カカウに目配せした。

カカウとふたりでカウンターに移動し、スツールに座って密談を始めた。マスター夫婦が、カウンターの中から不審げに私たちを見ている。

「日向美咲はおれたちに危害を加えた張本人かも知れない」私は言った。「だが、あの様子じゃ、ここで同行を拒否したら、今後彼女の協力を得ることは二度とできなくなるだろう」

そうなれば、私たちはほとんど唯一と言ってもいい情報源を失うことになる。

カカウは、考え込むように額に手を当てた。

「考えてみたら」しばらくして、カカウが言った。「あの女といっしょにいる方が、むしろおれたちは安全かも知れないぜ」

「どういうことだ？」

「あの女がカワラザキの仲間だとしたら、あの女と一緒にいる限り、カワラザキだって滅多なことはしないはずだ」

「例えば？」

「マシンガンを乱射するとか、車ごと崖から突き落とすとか、乗ってる飛行機を墜落させるとか」

カカウはブラックな内容を軽い冗談に包んで言った。まったく笑えなかった。

私たちはテーブル席に戻った。

「分かりました」私は美咲に言った。「その代わり、絶対に正体がばれないよう細心の注意を払ってください。声は一言も発しないように」

有名なアナウンサーだ、声で正体がバレないとも限らない。

私は三人分の勘定を済ませ、店の外に出た。外は入店したときよりさらに暑くなっていた。マスクを掛けるとその暑さがさらに倍加したようで、大いに閉口した。

「ここからあのマンションまで十五分は歩くぞ、タクシーに乗ろうぜ」

外に出るなり真っ先に音を上げたのは、意外にもカカウだった。

「前のときもそう考えたよ」私は力なく言った。「残念ながら、この通りは逆向きの一通なんだ」

結局、酷暑の中を、三人並んで美咲のマンションまで歩いて戻った。

道々、天空橋のラボに関する真実は、いったいいかなるものだろうかと考えた。美咲が疑っているように、純一郎の浮気の口実なのかも知れない。だが昔から純一郎を知っている私には、少し違和感があった。私が知る限り、純一郎は過去に二股を掛けたことは一度もなかった。美咲と付き合い始めたのだって、優子との関係が完全に破綻したあとのことだ。

美咲のマンションに到着したところで、「一度、家に寄りますか?」と、美咲に尋ねた。美咲は自分の服装を目で確認し、少し考えてから、「このままでいいわ」と、言った。そのときの比較的ラフな服装に、美咲自身がどういう自己評価を下したのか、私には分からなかった。

マンションの車回しから歩いて地下道に入り、三人で駐車場に向かった。カカウがポルシェのドアにキーを差し込むと、

「車って、これ?」と、美咲がきいた。

「あたしの座るところ、ある?」

美咲はそう言うと、手で庇を作って車の後席を覗き込んだ。

「あんたは細いから余裕だよ」カカウが言った。

「それもそうね」美咲はさっさと助手席側のドアを開け、前部シートを倒した。「やっぱりジーンズで正解」

私が助手席に座ると、カカウがイグニッションを回した。カカウのポルシェは、パンパンいうバックファイア音が混じった、いつも通りの不穏なエンジン音を響かせた。地下駐車場では音がこもるから、外は大変な騒音だろう。

「エンジン音がおかしいな」カカウが小首を傾（かし）げた。

「今さらなに言ってんだ？」私は笑った。「いつもと同じ、変な音だよ」

「それもそうか」カカウはそう言うと、スマートフォンを操作し始めた。「ユーコの家なら地図に履歴が残ってるはずだ」

「どうして、織原優子の家の履歴が地図に残ってるの？」美咲が気味悪そうに言った。

「企業秘密だ」

カカウはそっけなく答え、車を発進させた。

優子のマンション、というより、もともと純一郎が住んでいたマンションは、白金の高級住宅地にあった。妻が健在だったころ、一緒に一、二度訪問したことがある。

「アポを入れてから行った方がいいかも知れない」私はカカウに言った。

あそこには絶対に純一郎はいない。その確信があった。だから美咲を訪ねたときと違い、アポを入れたからといって純一郎に逃げられる心配はないと思った。

「電話なんかしたら、なにをしに来るのかと絶対ユーコからきかれるぞ？　おまえ、理由を答えられるのか？」カカウが呆れたように言った。「何度も言わせるな、こういうときはノーアポで突然訪問するのが探偵業のセオリーだ」

「あなた、探偵なの？」美咲が、後部座席から突然口を挟んだ。

「ばれたか」

カカウは、私の顔をちらりと見て笑った。

カカウはあまり美咲を危険視していないようだったが、それ以上は美咲に自分のことを知られたくなかったのか、八代亜紀を流すのではなくラジオをつけた。

澄んだ音声はＦＭ放送のようで、番組のパーソナリティが、砕けた調子で昨今のコロナ騒動について語っていた。

「時間はどのくらい掛かりそうだ？」カカウにきいた。

「高速を使えば、せいぜい二十分ってところだろう」

案外に近かった。だが考えてみたらそれは逆で、白金から近いからこそ純一郎は水天宮にマンションを買ったのだろう。車は水天宮通り、新大橋通りを行き、昭和通りをしばらく走って、京橋入口から都心環状線に乗った。

マッコイ・タイナーの軽快なジャズ音楽がしばらく流れ、やがてフェイドアウトした。

――みなさん、いま世界最速のコンピュータが、どこの国のものか知ってますか？

男性のラジオパーソナリティが、再び昨今のトピックについて語り始めた。

――中国？　アメリカ？　違うちがう、我らが日本の『富岳（ふがく）』です。はい、ずいぶん前に政治家が物議を醸しましたけど、いつの間にかコンピュータの世界一位、日本が取ってたんですね。ところがですよ、リフラフがいま開発中の量子コンピュータを使えば、その『富岳』で一万年かかる計算が、たった二〇〇秒でできちゃうらしいんですよ。量子コンピュータが起こすこういう桁違いのブレイクスルーを、『量子超越』と言うんだそうですが、去年の十月にこの『量子超越』を達成したっていうんですから、さすがリフラフ先生、やることがいちいちでかい。では次の曲です……

私の知らないラップ音楽が、ラジオから流れ始めた。

量子コンピュータの話をＦＭ番組できくことになるとは、思いもよらなかった。きっと一般の人の耳目を集めるほど面白いトピックなのだろう。

実を言うと、学生時代にコンピュータをちょっと齧（かじ）ったことがある。と言っても、分子生物学を専攻していた私が取り組んだのは、量子コンピュータではなくＤＮＡコンピュータの方だ。

「の方だ」と言われても、ＤＮＡコンピュータについて知っている人などほとんどいないだろう。

だが、西暦二〇〇〇年代には、ＤＮＡコンピュータが量子コンピュータの最大のライバル・プラットフォームだと目されていたのである。

私は、大学院生時代に、このＤＮＡコンピュータでなにか「一山当てられないか？」と仲間とふたりで悪だくみし、そのときに思い付いた技術で生まれて初めての特許を取った。

この悪だくみをした仲間というのが、ほかならぬ織原純一郎である。

ＤＮＡコンピュータというのは、ＤＮＡがＲＮＡを複製するメカニズムを利用して、現在のフォンノイマン型コンピュータでは容易には解けない問題を解くというコンセプトで発想された。

一九九四年、ＲＳＡ暗号の発明者のひとり、レオナルド・エーデルマンは、自家製のＤＮＡコンピュータを用いて、数学の未解決問題のひとつを解いた。

ＮＰ完全に関する「ハミルトン路問題」である。

これがきっかけとなってＤＮＡコンピュータは俄かに注目を集め、次世代の花形技術として大いにもてはやされることになった。

ところがしばらくすると、ＤＮＡコンピュータは完全に「ヴェイパーテクノロジー」と化して世間からすっかり忘れ去られてしまった。「ヴェイパー」とは、英語で「蒸気」という意味である。

ウェスティングハウスの交流発電に敗れた、ＧＥの直流発電。

ビクター松下連合のＶＨＳに敗れた、ソニーのベータ規格。

シャープの液晶テレビに敗れた、パイオニアのプラズマテレビ。

理由はさまざまだが、いずれも、時代の趨勢（すうせい）に押され、新技術に敗れ去り、淘汰（とうた）されて忘れ去られた「ヴェイパーテクノロジー」である。

蛍光灯、液晶テレビ、リチウムイオン電池、ガソリンエンジン、原子力発電なども、近い将来このヴェイパーテクノロジーの仲間入りを果たすだろう。

ＤＮＡコンピュータがヴェイパーと化した理由ははっきりしている。

ひとつ致命的な弱点があったからだ。なにしろとてつもなくスピードが遅い。エーデルマンが先の「ハミルトン路問題」の回答を取り出すのにも、都合三日も掛かったらしい。

このスピードの遅さはＤＮＡの複製という生命現象に起因するものであり、技術革新によって解決可能な課題ではなかった。これではたとえＤＮＡコンピュータが完成したとしても、実用性という点で大いに問題があると言わざるを得ない。

結局、コンピュータの次世代プラットフォーム争いは量子コンピュータの圧勝に終わり、ＤＮＡコンピュータを開発しようとする学者も企業も、いまやこの世にほぼ存在しない。

私と純一郎の共有特許「ＲＮＡの転写制御を利用した演算プログラム」は、ＤＮＡコンピュータ技術自体が忘れ去られた今となっては、どうにも使い途（みち）のないただのポンコツ特許である。

ところがなんの使い途もないくせに、この共有特許というやつは普通の特許と違って扱いがややこしい。例えば、自分の特許持ち分といえども、共有特許者の許可なく第三者に使用許可を与えたり譲渡してはならない、と日本の法律には定められている。

持ち分とは、共有特許のうちの自分が持つ権利部分のことである。パイの分け前のようなものだ。共有特許においては、自分のパイを人にあげるのにも一緒にパイを買った人々の許可が要るというのである。

どうしてこのようなことが発覚したかというと、純一郎が自分のもつすべての特許権を、自分と一体であるバイオソニックに権利譲渡しようとしたからである。

そのときこの共有特許の取り扱いが問題になったのだ。

もちろん私は、純一郎の持ち分のバイオソニックへの権利譲渡を快く許可してやり、ついでに私の持ち分の管理も、格安でバイオソニックにやってもらうことにした。ライツを管理するとなるとそれなりにコストが掛かるのだが、出来の悪い子ほど可愛いとはよく言ったもので、たとえポンコツでも、私には持ち分を手放す気などさらさらない。

「なんだか、焦げ臭くない?」

追憶に浸っていると、美咲が後席から身を乗り出した。

確かに化学製品が焦げるような異臭がした。

突然うしろで大きな爆発音がして、美咲が悲鳴を上げた。

振り向いて見ると、ボンネットの上で炎が狂ったように踊っているのが見えた。

「おい、エンジンが火を噴いてるぞ」声が震えた。「すぐ車を停めろ!」

「ブレーキが効かねえ」

カカウは右足を何度も激しく踏み込んでいたが、ポルシェには制動の掛かる気配はまるでなかった。

運転席と助手席の間にあるサイドブレーキが、目に飛び込んできた。

私は、「なにかにつかまれ」と大声で叫び、左手でサイドブレーキを力いっぱいに引いた。後輪がロックしてポルシェは激しくスピンし、私たちは車内で横Gに思い切り振り回された。

ポルシェは、猛烈なスピードできりきりと何回転かしたあと、片側二車線ある高速道路の真ん中でようやく停止した。

「燃えるぞ、すぐ車から出ろ」車が完全に停止すると、カカウが言った。「うしろから来る車に気を付けろよ」

私はデイパックを担いで大急ぎで車を降り、助手席のシートを前に倒した。美咲がまろぶように車の外に飛び出した。

コロナ禍の外出自粛ムードで、高速走行車両は非常に少なかった。そのため後続車両との距離はだいぶ離れており、スピンによってうしろから追突されることはなかった。また、走行中だったのがちょうど高速環状線が第一京浜と交差するあたりで、カーブではなく直線だったため、高速の側壁にもぶつからずに済んだ。幸運が重なったとしか言いようがない。

「大丈夫か?」

車を降りたカカウが助手席側に回り込み、私と美咲に言った。

「脇に寄らないと危ない」

カカウはそう言うと、私と美咲を路側帯に誘導し、ポルシェが立ち往生している場所に戻っていった。私は、スピンの最中に強打した肋骨と右腕の痛みのため、そのまま路側帯にへたり込んだ。後続車両の一台が停まり、親切なドライバーが、うずくまっていた私の元へと駆け寄ってきた。

「大丈夫ですか?」

いまどき珍しい小太りの中年男性が、心配そうな顔で言った。

顔を見上げると、美咲が黙って頷いた。

「ふたりとも大丈夫です」

そう答えたが、痛みで顔が歪むのを抑えられなかった。

「本当に? 救急車、呼びましょうか?」

小太りの親切な男が、私の隣にしゃがんで言った。

「ありがとうございます。ほんとうに大丈夫ですから、ご心配なく。どうかもう行ってください」

親切な男にそう言うと、男は一度美咲の顔を見上げたが、心配げな表情をしたまま自分の車に引き上げていった。

ポルシェから上がっていた炎は次第に小さくなりつつあった。三角板を路上に設置し終わったカカウが、私たちのいたところに戻ってきた。

「大丈夫か？」

カカウは、後部座席から救い出したハンドバッグを美咲に差し出しながら、言った。美咲は、夏だというのに寒そうに両腕を身体に巻き付け、真っ青な顔をして路側帯に立ち尽くしている。

「ありがとう」美咲が答えた。「どこにも怪我はないわ」

カカウは、次に、美咲の横で足を投げ出して地面にへたり込んでいた私の横にしゃがんだ。

「おまえは？」

「右腕と脇腹を強く打ったようだ」

「見せてみろ」

カカウが触ると打った場所に激痛が走り、思わず呻きが漏れた。

「腕の骨は折れていないようだ」カカウが言った。「打撲なら放って置いてもそのうち治る。痛ければ、鎮痛パップでも貼っておけばいい。肋骨は折れているかも知れないが、腕や足と違ってギプスは付けられない。医者に見せたとしても、せいぜいコルセットを勧められるだけだ」

「そういうものなのか」痛みを堪えながら言った。

カカウが肩をすくめた。「どうする、病院行くか？」

わざわざ確認するまでもない。行くに決まっている。そう答えると、カカウが、「じゃあ、これから連れて行ってやる」と、恩着せがましいことを言った。

「ただこれだけは守ってくれ」カカウが、真剣な表情で右手の人差指を立てた。「もしも医者からオピオイド系の鎮痛剤を勧められても、絶対に受け入れてはいけない」

「どうして？」

「どうしても、だ」カカウは有無を言わせなかった。

「ちょっと」真っ青な顔で横に立っていた美咲が、言った。「お取り込み中悪いけど、そろそろ警察を呼ばないと」

　カカウがゆっくりと振り向いて、美咲の顔を見上げた。

「警察はだめだ」

　決然とした口調で言ったのは、私の方だった。相変わらずへたり込んだままだったが。

「どうして？」美咲が信じられないという顔をした。

「どうしても、だ」私は、カカウの真似をして言った。

　警察が調べれば、車が細工されていたことはすぐに分かるだろう。通報するなら、警察にすべてを話さねばならない。しかし私には警察にすべてを話す気など毛頭ない。すべてを話さないなら、警察に通報する意味はない。いつものループである。

「業者に頼んで、車を牽引してもらわなくちゃならんな」

　カカウがおもむろに立ち上がり、沈痛な面持ちで言った。

「あなたまで、なに呑気（のんき）なこと言ってるの？」美咲は泣きそうな顔をした。「それどころじゃないでしょ？　車がだれかに細工されて、わたしたち危うく死ぬところだったのよ？」

「あれじゃ、どのみち廃車だな」

私はポルシェを顎でしゃくって、顔を顰めた。なにかしゃべるたびに肋骨がひどく痛んだ。

「だな」カカウが言った。「牽引させる意味、あるかな？」

「ちょっとあなたたち、わたしの言うことを無視しないでよ」

美咲が、業を煮やしたように小さく叫んだ。

「通行の邪魔になるから、やっぱり牽引しなきゃ駄目だろ？」私は言った。

「一二〇〇万がパーだ」

カカウはそう言って、残念そうに頭を左右に揺らした。

「一二〇〇万もするのか？」

中古車だと思っていたので驚いた。

「九七年式の９９３クラシック・ポルシェだからな。あとから自分で手を加えてるから、いま売ったらきっと一五〇〇万は下らないだろう」

無視され、呆然と私とカカウのやり取りを眺めていた美咲が、「あなたたち、完全にイカれてるわ」と言った。

ギアをニュートラルに入れて鎮火したポルシェを路側帯まで押して移動させ、ＪＡＦの到着を待って牽引してもらった。時計を見ると、午後の三時半になっていた。

三人で緊急避難路の階段から下道に降り、とぼとぼ歩いてようやく田町駅に辿りついた。

「ここからは電車だな」顔を顰めながらカカウに言い、美咲には、「美咲さんはもう帰った方がいい」と言った。

助言ではなく、丁寧な命令のつもりだった。

「いやよ」美咲は決然とした口調で拒絶した。「ここまで来て引き下がったら、事故に遭い損じゃないの」

事故に遭い損、ということばを生まれて初めて聞いた。

呆れて、カカウと顔を見合わせた。

「まだ分からないのか？」腰に両手を当てて言った。

「この辺りにわたしが会員になってるカーシェアがあるわ」美咲は私の制止を無視し、スマートフォンをいじりながら言った。「こんな時期だから借りられる車はすぐ見つかるでしょ。ついてきて」

そう言うと、美咲はスマートフォンを見ながらすたすたと歩き出した。

「おい」

私は美咲の背中に向かって小さく叫び、それから振り向いてカカウに言った。「黙ってないで、あんたも止めろよ」

「あの女は有名だ」カカウは肩をすくめた。「マスクをしているとは言え、一緒に電車に乗るのは気が進まない」

カカウはそう言うと、美咲を追いかけて歩き出した。

私は大きな溜息を吐いた。溜息を吐いただけで肋骨が痛んだ。

結局私たちは三人で織原優子のマンションに向かうことになった。美咲の言う通り、イカれているとしか言いようがない。ただし、そう言った美咲当人も、いまやそのイカれ仲間のうちのひとりだ。

カープールの自販機でペットボトルの水を買い、急場しのぎに前日ふくらはぎの傷用に医者から処方された鎮痛剤を飲んだ。車のレンタル手続きに手間取っている間に、肋骨の痛みは急速に沈静化していった。

カカウは不満げだったが、カーシェアで黄色いホンダフィットを借り出した。借りられる車がほぼそれだけだったからだ。それが嫌なら、軽トラックを借りるしかない。

「地下駐車場だ」

カカウが、借り出したフィットのドアを開けかけて、ぼそりと言った。

確かにポルシェが細工されたとすれば、美咲のマンションの地下駐車場以外には考えられなかった。

だが真っ先に疑われてしかるべき美咲は、私たちとポルシェに同乗していた。いくらなんでも、危険な細工をした車に自ら率先して乗り込む馬鹿はいない。

カカウは、

「もし美咲が敵ならば、美咲と一緒にいる方が安全だ」

と言った。ならば美咲まで事故に遭ったことで、図らずも美咲への疑いが晴れたことになる。

「美咲と一緒にいても危険ならば、美咲は敵ではない」

数学のいわゆる、「対偶の証明」というやつだ。

それにしても、敵のやることがいよいよ半端なものではなくなってきた。

この事故でさらにふくらんだ懸念について確かめようと、水上に電話したが繋がらなかった。数度のコール音のあと、留守番電話に切り替わったので、「折り返し電話が欲しい」と、メッセージを残した。

「さっさと乗れ」

カカウに言われ、私は急いでフィットの助手席に乗り込んだ。

第一京浜をまたいで地蔵通りを進み、慶應大学の前で桜田通りに合流したあたりで、美咲が、

「どうして警察を呼ばないわけ？ 説明してもらえる？」と言った。

上体を左に傾け、助手席からルームミラー越しに美咲を見た。完全に怒っている顔つきだった。

「病院だが」それを無視して、私はカカウに言った。「行かなくてもいいや」

「痛くないのか？」

窮屈そうな姿勢で運転していたカカウが、横目でじろりと私を見た。

「きのう医者からもらった鎮痛剤が、よく効くんだ」そう答えてニカッと笑った。

「わたしの質問に答えてよ」美咲が後部座席で声を荒らげた。

「危ない、と警告したはずだ」私はミラー越しに美咲の顔を見据え、強い口調で言った。「それなのについて来たのはあんたの方だ。嫌ならここで車を降りてもらおう」

怒りのため、美咲がわなわなと肩を震わせているのが、小さな鏡越しに見えた。

「冗談じゃないわ。行くに決まってるでしょ」美咲が言った。「それにこの車の借り主はわたしよ。降りるとしたらあなたたちの方で、わたしじゃない」

「そろそろ、着くぞ」

美咲のことばをスルーして、カカウが言った。

優子のマンションの近くにコインパーキングを見つけ、そこに黄色いフィットを入れた。

「また車をいじられるのは御免だ。おれは車に残る」

カカウはシートを倒して寝そべるように座り直すと、ジタンの箱を取り出した。

第六章　ゴジラ対モスラ、あるいはスーパーアイドルの目覚め

登り坂は多少身体に堪えるが、健康のことを考えたらそれもありかも知れない。坂を上り切ると、そこに現れたのはまさに白亜の宮殿のごとき建物だった。

過去に一、二度訪れたことがあったのだが、自分の記憶の中にある建物より、現実に目の前に建っているマンションの方が数段ゴージャスに見えた。

純一郎がここを出て行きたがらなかったのも、無理からぬことだ。白壁は雨水による経年変化で汚れてしまいがちだが、たいへんよくメンテナンスされており、外壁に黒ずみはほとんど見られなかった。

「いいマンションね」

恐らく初めて見たのだろう、そう言った美咲の口調には明らかに険があった。

マンションのエントランスから、インターホンで純一郎の、いや織原優子の部屋を呼び出した。

「はい」

つっけんどんな調子の女性の声が出た。

美咲が、声に出さずに「ユーコ?」という口の形を作った。

「Qと言います」

美咲に頷きながら、名を名乗った。

「はい?」

残念ながら、優子は私のことを覚えていなかった。

「純一郎の友人で、以前一、二度お宅にお邪魔したことがあります」

「そうですか」

相変わらず素っ気なかった。純一郎の友人を騙る芸能記者かも知れない、と疑ったのかも知れない。

「せっかくお越しいただいたのですが、織原はただいま家におりません」

慇懃無礼を絵に描いたような口調だった。

「知っています」そう言って、横にいた美咲にぺろりと舌を出した。「あなたにお話が聞きたくてお伺いしたのです」

これで私を芸能記者だと確信したに違いない、

「こちらにはお話しすることはなにもありません、失礼します」

そう言って、優子はインターホンを切ろうとした。

「財産分与の件です」私は慌てて言った。「離婚に関しての」

優子が黙り込んだ。

美咲のときと同じで、この話を持ち出せば私と話さないわけにはいかないだろうと踏んだのだ。

突然ピッと音がして、エントランスの自動ドアが開いた。入って来いということだろう。美咲とふたりでエレベータに乗り込み、行き先階のボタンを押した。

「最上階なの？」美咲が呆れたように言った。「純ちゃん、わたしには高所恐怖症だから高層階はいやだって言ってたくせに」

沈黙は金と言う。余計なことを言うとまたぞろ墓穴を掘りそうだったので、私は沈黙を守り通した。後で純一郎から恨まれたのでは堪らない。

最上階でエレベータを下り、廊下を進んだ。私は優子に顔を見せるためにマスクを外し、顔をさらしていた美咲には、すぐマスクをするよう指示した。呼び鈴を鳴らすと、すぐに玄関が開いた。私の顔を見て、優子の表情が動いた。

「確かに、どこかでお会いしたことがありますね」

優子は、Tシャツにジーンズというラフな服装だった。ただし、Tシャツは有名ブランドのものだ。ロゴがでかでかと入っていたから、ブランド音痴の私でも一目見てそうと分かった。

「こんにちは」

美咲がドアの裏側からひょいと顔を覗かせ、軽い調子で挨拶した。

「アシスタントです」

ぎょっとしている優子に、慌てて言った。優子が文句を言いたそうに口を開いたが、私はそれを手で制した。

「アシスタントがいる理由は、あとできちんとご説明いたしますので」

優子は、しぶしぶといった体で私と美咲を室内に入れた。

美咲が不躾にじろじろと室内を見回すので、小声で「やめてくれ」と注意した。優子からリビングのソファに座るよう勧められ、ふたりで並んで腰を下ろした。しばらくすると優子がリビングに戻り、クッキーと紅茶を私と美咲の前に置いた。

「これって、ガレット・エシレじゃないですか？」美咲がクッキーを見て、目を丸くした。

「マネージャーの手土産よ」さり気なさを装っていたが、口調は自慢げだった。

私は、「絶対に食うなよ」と美咲の耳元で囁いた。マスクを外すことになり、一瞬で優子に顔バレする。

優子が芸能界を引退してから、すでに三年が経っている。にもかかわらず未だにマネージャーが優子宅を訪れるとは、この女には意外と人望があるのかも知れない。

私はマスクを顎にずらし、クッキーを一枚齧ってアップルティーを啜った。確かに美味いクッキーだった。

「で、どういったご用件かしら？」

優子は、私とはすかいに座って足を組むと、ぶっきらぼうに切り出した。

「純一郎がいなくなりました」

私がどんな仕事をしているどんな人間かには、まるで興味がなさそうだったので、こちらも自己紹介は割愛していきなりそう切り出した。

優子の反応を直接見たかったので、敢えてインターホンでは言わなかったことだ。

優子はゆっくりと目を閉じて、鼻から息を吐いた。

目を開くと、

「また？」

と、呆れたという表情で言った。

「ええ、またです」

優子の反応を見る限り、彼女が純一郎を誘拐ないし殺害したとは思えなかった。

「今回、私が純一郎探しをしておりまして、そのためにアシスタントを連れているのです」

「どうも」美咲がまた軽薄な調子で挨拶をした。

「純一郎の行き先について」私は優子にきいた。「どこか心当たりはありませんか？」

「織原とはもう何か月も話していません。彼がどこにいるかにも、まったく興味がありません」

優子はそう答えると、紅茶の入ったロイヤルコペンハーゲンを空で止めた。「あの人とはもう終わったのよ」

だが金の問題が残っている。優子が私と話すことにした理由も明らかにそれだろう。

「でも、まだ決着していませんよね？」

「もうすぐすべて解決するわ」優子は微妙な言い方をすると、いらついた態度で立ち上がった。

「用っていうのは、あの人の居場所を知りたいってことだったんでしょ？　だったらもう話すことはないわ、帰ってちょうだい」

「あなた、織原さんを誘拐したんじゃないですか？」

美咲が突然ぶっこんできた。

私は思わず頭を抱えた。もちろん実際に手で頭を抱えたわけではなく、胸のうちで、だ。

「誘拐？」立ち上がっていた優子が、睥睨（へいげい）するように美咲を見下ろして言った。「なんのために？」

「財産欲しさに」美咲は座ったまま、優子を見上げた。「もうすでに織原さんを殺してるかも知れない」

頭の中に、『ゴジラ対モスラ』という映画のタイトルが浮かんだ。

「バカバカしい」優子が吐き棄てるように言った。「不愉快だわ、さっさと出てってちょうだい」

「あなたは、織原さんから浮気の証拠写真を突き付けられた」

美咲がそう言うと、優子が動きを止め、幽霊でも見るような顔つきで美咲を見た。

「このままだと、あなたは離婚しても一銭ももらえない。でも、もしいま織原さんが死ねば、織原さんの遺産を相続できる」

美咲のことばを聞くと、優子はソファの上に崩れ落ちた。

「あの写真を見たのね」優子が言った。

私も美咲も黙っていた。

「織原を殺してなどいないわ」優子が力のない声で言った。

「そんなことをしたら、真っ先に警察から疑われるのは私よ。いくらなんでもそんな馬鹿な真似はしないわ」

優子のことばは極めて理性的で筋が通っていた。もしかすると、純一郎を殺したらどうなるか、一度ぐらいは真剣に検討したことがあるのかも知れない。そう想像して、ぞっとした。

優子が、なんの前触れもなくゆらりと立ち上がった。

呆気にとられていると、そのままドアを開けてリビングから出て行き、しばらくすると手に紙束を携えて戻ってきた。優子は、ダブルクリップ止めされたA4サイズの紙束を、どさりとテーブルの上に落とした。

「なんですか、これは？」美咲が優子の顔を見上げて言った。

私は紙束を引き寄せた。一番上に、「離婚合意書」と書かれていた。

優子は再び元のソファに腰を下ろし、足を組んだ。それからすれからしたような態度で、ゴロワーズに火を点けた。

「その契約書で」優子は、火の点いた煙草を挟んだ指で、書類を示した。

「織原との関係を完全かつ不可逆的に清算して、人生をリスタートするつもりよ」

私は紙束をめくり、素早く目を通した。パテント契約で契約書には慣れているつもりだったが、離婚合意書となると勝手が違い、ポイントがどこなのかよく分からなかった。もたもたしているのを見かねたのか、美咲が横からひったくるようにして私から紙束を奪った。

美咲は、紙束を膝の上に置き、真剣な表情でページをめくった。ぶつぶつ言いながら最後のページまで目を通し終わると、ふうっと息を吐いて、テーブルの上にそっと紙束を戻した。時間にしてせいぜい十分ほどだろう。

「あれで分かったのか？」恐る恐る美咲にきいた。

「これでも慶應の法学部出よ」美咲が答えた。「ここを見て」

美咲が契約書のページを乱暴にめくり、ある条文を指先で示した。

「甲は、乙から財産分与を受ける権利を放棄し、今後も名目の如何を問わず一切の金銭的な請求をしないものとする……」

「それから、ここ」

美咲は別のページの条文を示した。

「乙は、甲に対する慰謝料請求権を放棄し、今後も名目の如何を問わず一切の金銭的な請求をしないものとする……」

「乙は、甲について知りえた公表されていない情報について、今後一切口外しないものとする……」

ここでの甲は織原優子を、乙は織原純一郎を指している。

美咲に促されて最終ページを開くと、優子の住所、氏名、直筆サインがあり、その横には優子のものと思しき印がすでに押されていた。

「これはいったい？」私は優子の顔を見た。

「見ての通り離婚合意書よ。あとは製本するだけ」

優子は真っ赤な唇を尖らせると、ふうっと煙を吐き出した。別室で口紅も塗り直してきたようだ。

「私は北川きららとして芸能界に復帰する。所属事務所も決まったし、新しいマネージャーもついたわ」

さっきのクッキーは、過去のマネージャーではなく、新しいマネージャーからの手土産だったのだ。

「ほんとうは今ごろ再デビューが済んでいるはずだったのに、コロナのせいで仕切り直しになっちゃったわ」

優子は、火の点いたままの煙草を目の前のティーカップに放り込み、じゅっ、という音をさせた。

離婚合意書には、「公表されていない情報について、今後一切口外しない」という条文があった。

どこかほかの場所に、その罰則条項もあるに違いない。

「財産分与をすべて放棄する、とありました」私は優子に言った。「いいんですか、それで？」

「離婚が法廷に持ち込まれて、なにかの拍子に写真がマスコミやネットに拡散しでもしたら、芸能界復帰どころじゃなくなるわ」

それが「公表されていない情報」の中身だろう。

「だから」優子は続けた。「財産分与を放棄するかわりに、慰謝料はなし、私のプライバシーに触れることは一切禁止という条文を入れたのよ」

他人に頼らず、自分のタレントとしての未来に賭ける。人格にいろいろ問題はあるかも知れないが、いかにも織原優子らしい、独立自尊の見上げた決断だった。

「織原との間では」優子が続けた。「この条件での協議離婚という線ですでに話はまとまっている。あとはあの人がそれにサインするのを待つばかりよ」

そう言って、私の手にしていた紙束に視線を向けた。

「その合意書が上がれば、あの人と私は永久に赤の他人」

優子はここで大きく息を吸い込んだ。「で、あんたたち、あの写真を見たの？」

「見ていません」優子が気の毒になって、私は正直に答えた。「そういう写真があるということを知っているだけです」

優子は目を瞑ると、ほっとしたように息を吐いた。

「そのことばを信じるほかないわね」

部屋のインターホンからビープ音がした。優子は、インターフォンのマイクに「上がってきて」と言い、インターホンを切った。

「悪いけど、タイムアップよ。ほんとにもう帰ってくれない？　これからマネージャーと打合せなの」

私たちは優子のマンションを出て、コインパーキングへ向かった。

織原優子は、恐らく純一郎を誘拐も殺害もしていない。だが、優子が犯罪の容疑者から外れたというだけで、純一郎の居場所に関してはなんの手掛かりも得られなかった。

「これで納得したか？」

歩きながら、美咲にきいた。

「あなたが織原優子に言ったことだけど」

「なんだ？」

「財産分与の件で来ました、って」

「ああ、あれね」私はなんの気なしに反応した。「ああ言えば、織原優子もおれたちとの対話に応じざるを得ないだろう？　それでちょっとふかしてやったんだ」

私は、会心のブラフが成功したことを美咲に自画自賛した。

「あれって、あなたがわたしを初めて訪ねてきたときに言ったこととほとんど同じよね？」

「え？」急に腹の底が冷たくなった。

「わたしには、水天宮のマンションが財産分与の関係で優子に持っていかれそうだ、って言ったわよね？」

「そんなこと言ったっけかな？」

正確には、美咲がそう受け取ってもおかしくないような言い方をした、のだ。しかし論点はそこではなかった。

「織原優子は財産分与を全面放棄するつもりで、もう契約書にサインまでしていた。あなたの話とは真逆よ。そんなことも把握できていないのに、財産分与の件で動き回ってるわけ？」

私は返事に窮した。

「ひょっとしてあなたの言う財産分与だのなんだのって、全部作り話じゃないの？」猜疑(さいぎ)に満ちた美咲の眼差しが、肌に痛かった。

「カカウが待ってる。急ごう」私は早足に歩き出した。

「ちょっと、待ちなさいよ」

置いていかれた形になった美咲が、うしろから言った。

車に到着すると、カカウはまたしても運転席で居眠りをしていた。私はカカウをどやしつけようと、運転席のドアを開けた。

ドアに凭れて眠っていたカカウが、そのままずるずると泥人形のように車の外に崩れ落ちた。

私が呆気に取られていると、

「なんか、ちょっと様子が変じゃない？」

と、美咲が心配そうな顔で言った。

私はその場にかがみ込み、倒れているカカウを起こそうとした。カカウは薄く目を開けたが、呂律が回っていなかった。目がとろんとし、白目が混濁している。それを見て慌ててカカウの身体から手を離した。

「やばいかも知れない」脳内出血を疑った。ならば迂闊（うかつ）に動かすことはできない。「急いで救急車を呼ばないと」

「そうしましょう」

美咲が救急車を呼ぼうと、スマートフォンを取り出した。カカウは、まるで象が鼻で物を探るように腕を動かして、乱暴に美咲の手からスマートフォンをはたき落した。

「なにすんのよ？」美咲が呆然とした表情で言った。

「病院はだめだ、病院は……」カカウが、うわごとのようにそう繰り返した。

「しかし――」私が反駁しようとすると、

「だめなんだ、病院は……」

と、病人とは思えないほど強い力で私の右肘を握りしめた。高速の事故で痛打した箇所だったので、思わず喉から呻き声が漏れた。

「いつものことなんだ、慣れてるから大丈夫だ。放っておけばそのうち治るから、おまえの家まで連れて行ってくれ……」

そこまで言うと、カカウは再び意識を失った。

美咲と顔を見合わせた。

「仕方がない。このままおれの家に連れていこう」

美咲は黙って頷いた。

私の言うことを素直に受け入れたのが、意外だった。

美咲と一緒に、苦労してカカウをフィットの後部座席に乗せた。それからカカウのパンツのポケットを探り、フィットのキーを取り出して美咲の手の平に押し込んだ。

助手席のドアを開けようとしていた私に、美咲が唖然とした表情で言った。

「なに、これ?」

「見て分からないか。車のキーだ。キーレスエントリーだけど一応渡しておく。あんたは借り主だし」

美咲に対することば遣いがいつの間にかぞんざいなものになっていることに、ふと気付いた。

「そんなこと分かってるわよ」美咲が苛立ったように言った。「わたしに運転しろって言うの?」

「おれは車の運転ができない」

そう言うと、美咲は呆れたとでも言いたげに深い溜息を吐いた。

私が駐車料金を払い、美咲が運転することで手打ちとした。現実問題として、それ以外の選択肢はなかったのだ。私はカーナビに自分の駒岡のマンションの住所を入力し、美咲がフィットをゆっくりと発進させた。

「あなたたちを送ったあと、わたしは家に帰ってひとりでいろってこと？」

美咲は、ハンドルにしがみつくような格好で車を運転していた。

「それほどおかしなことじゃない」カーナビを見ながら、美咲に言った。「そこの交差点、左じゃないか？」

美咲はのろのろと車線を変更し、上大崎（かみおおさき）の交差点を左折した。都心の真ん中でこれは、コロナ騒動の渦中でなければとても許されないような運転の仕方だ。

「今日はわたしの家に泊まっていって」美咲が、正面を見据えたまま言った。

「殺されかけたのはあんたじゃなくておれだ」

「なに言ってるの？　植木鉢が落ちたのも、ポルシェが細工されたのもわたしのマンションよ。それって、あそこに犯人がいるってことじゃないの？　これじゃ怖くて夜もおちおち眠れないわよ」

勝手についてきておいて、勝手なことを言う。

ジーンズのポケットで、スマートフォンが震え出した。まだなにか言いたそうな美咲を手で制し、スマートフォンを取り出した。弁護士の水上からの折り返しだった。

私は気持ちを固めて、電話に出た。

「ピノートに殺されそうだ」

電話に出るなり、水上に言った。

私のことばに動揺したのか、美咲の運転が左へ右へと蛇行した。

「なんですか、藪から棒に？」水上がたじろいだように言った。

「ピノートはおれを殺して、UB40のロイヤリティを永久に支払わずに済ますつもりらしい」水上にそう言い募った。

「殺すとか殺されるとか、いったいなんの話してんのよ？」

美咲が前方に視線を据えたまま、怯えた声で言った。

私は蛇行する車のハンドルを右手で押さえ、「あとできちんと説明するから、いまは気を付けて運転してくれ」と、美咲に頼んだ。

「実は……」

私は、トラック、植木鉢、天空橋の暴漢、ポルシェへの工作など、これまでにあった出来事を、順を追って水上に話した。途中水上からの質問に答えながらだったので、車中ですべてを話し終えるのに十分以上は要しただろう。

車が赤信号で停止するたび、美咲は私の顔を見て、「ピノート？」という口の形を作った。

歩道橋の側面看板で、フィットが桜田通りを走っているのが分かった。普通ならば通らないルートだ。どうやらカーナビが風変りなルートを推奨したようだ。ありがちな話だ。

「なるほど」私の話を聞き終わって、水上が言った。「それらが事故や偶然ではなく、すべてピノートのしわざなのではないか、そうあなたは疑っているんですね？」

「そうだ」

もっと早く水上に相談すべきだった。

「警察には届けましたか？」

「いや、もう少し状況がはっきりするまではと思って、まだ届けていない」

本当は純一郎の件が理由なのだが、その辺りは微妙に誤魔化した。

「そうですか」水上が、しばらく時間を置いてから言った。「あなたが死ねば、確かにピノートはだれにもＵＢ40のロイヤリティを支払う必要がなくなります」

「やはり、そうか」私は唇を噛んだ。

悪評高い企業なのは知っていたが、まさか人殺しまでやるとは思ってもみなかった。

「しかしですね」水上の話には続きがあった。「特許権が消滅してＵＢ40がだれのものでもなくなったら、ピノートの競合企業も自由にＵＢ40製品が作れるようになります。ここまで、いいですか？」

「オーケイだ」

「もしもヨーグルトの世界シェアＮＯ１の某企業が、パブリックドメインになったＵＢ40のヨーグルトをアメリカで売り始めたら、ピノートの市場独占はあっという間に崩れます。ピノートは遺伝子組み換え作物では世界シェアNO1ですが、食品企業としてはさほど大きい会社ではありません。

ですからあなたが死んだ場合、ピノートとしては失うものの方が圧倒的に大きく、得るところはほとんどないのではないかと思われます」

「つまり」意外だった。「ピノートとしては、むしろおれに生きていて欲しいということか?」

「そうなりますね」水上が言った。「あなたに死んでもらいたいとすれば、『ネゴレスト』に市場を席巻されている大手競合企業の方でしょうね」

「例えばフランスのK社のような、か?」

「そうです」水上が言った。

「ですがよく考えると、それにもあまり現実味がありません」

「どうして?」

「あなたが死んだら、UB40市場が過当競争に陥ることは目に見えています。それは、NO1企業にとっても、そうでない企業にとっても変わりはありません。そんなことは、どの企業も望まないのです。なぜならそこには『底辺への競争』が発生するだけで、どの企業も営業利益が下限に張り付いたまま動かなくなるからです」

「どういう意味だ?」

「平たく言うと、どの企業も利益がゼロになる、そう考えて下さって構いません。利益ゼロでは、社会的意義はあるかも知れませんが、営利企業としてはモノを作って売る意味はないでしょう」

「牛乳のようになるということか？」

かつて乳業メーカーに勤めていたときのことを、思い出した。

「そんな感じです。ＵＢ40製品がコモディティ化してしまうということです」水上は私に断り、なにかの飲み物で喉を湿らせた。「Ｑさんはピノートが性急に契約したがっていることを怪しんでいましたが、その理由ははっきりしています。

私のところには、今朝からＵＢ40に関する契約オファーが大量に舞い込んでいます。あなたの『言い値』でいいからさっさと契約をまとめないと、ピノートはこれらの競合他社に契約を奪われるかも知れない。ピノートはそれを心配しているのです」

窓の外を眺めながら、水上の話を整理してみた。

もしも私を殺してなんらかの得があるとしたら、ピノートではなく競合企業の方だ。だがそうなると、だれでも作れるようになるせいで、牛乳や小麦などのコモディティを売るのと同じで、利益は下限に張り付いて離れなくなる。つまり商売としてはなんの旨味もないものになる。

ピノートにもそのほかの企業にも、私を殺害する動機は存在しない、そういうことだろう。

「ピノートはおれに死んで欲しくないのだな？」

「実は今のいままでピノートとリモート会議をやっていたのですが、ピノートの方もそこのところを懸念しています」

「そこのところ？」

「あなたが死亡した場合のことです」水上は、あっさりと言った。「あなたが死亡した場合でもＵＢ40の特許が存続するための条件を、ピノートが追加で出してきました。具体的には会社を作って、そこにＵＢ40の権利を移すことです。これだけは絶対に譲れないと言っています」

　ＵＢ40の権利が消滅してオープンになったら、せっかく私と交わした契約が、競争相手に対するなんの防壁にもならなくなる。ＵＢ40の使用権利を守るどころか、下手をしたら長期契約料の三億円をどぶに捨てる羽目になるのだ。私が死んでもＵＢ40の権利が消滅しないこと。それは、ピノートが、是が非でも私に約束してもらわなくては困ることなのだ。

　私は肩から力が抜けた。ピノートに対して見当違いの疑いを向けていた自分が、ひどく愚かな人間のように思えた。

「よく分かったよ」

「Ｑさん」水上が神妙な声で言った。

「なんだ？」

「これを機に、遺言（いごん）を作成してはいかがでしょう？」

　水上は、「遺言」のことを「いごん」と言った。

「縁起でもないことを言うなよ」私は笑った。

「冗談ごとではありません」水上が言った。「ピノートが言うような会社を作ったところで、あなたが死んだら、知的財産権以外の財産については、相続人がいないと国庫へ帰属することになってしまいます」

水上の言う通りだった。

頭にまりえの顔が浮かんだ。

「それと」

「なんだ?」

「さっき申し上げたピノート以外から舞い込んでいる契約オファーの件です。それらも検討しますか?」

「ピノートがこっちの条件をすべて飲んでくれるなら、ほかの会社と契約する気はない」

ピノートに無実の罪を着せようとしていたことに、若干の罪悪感を覚えていたのは確かだった。

「分かりました。では、UB40の特許権に関して会社を作るスキームを検討します。あともうひとつだけ」

「なんだ?」

「深刻な問題です」水上が言った。「どこかにQさんに危害を及ぼす一連の事件を起こしている犯人がいます」

織原優子でもなく、ピノートでもない。犯人はほぼ河原崎誠一ひとりに絞られている、と言ってよかった。水上にすべて話して、相談しようかと一瞬心が動いた。水上は刑事の専門家ではないが、腕利きの弁護士だ。きっと適切なアドバイスをくれるだろう。だがやはり、水上に真実を明かすわけにはいかないと思いとどまった。

「警察に届けるべきではないでしょうか？」水上が親身なアドバイスをくれた。「証拠もないのに、警察が取り合ってくれるだろうか？」

故意犯の存在を一番立証できそうなのは、ポルシェへの工作についてだった。しかし、カカウがＪＡＦに証拠の車を牽引させてしまった。それ以外については、故意であるという証拠が初めからないか、あるいは残っていない。

「万一の場合に備えて、少なくとも被害届だけは出しておく方がいいでしょうね」水上が言った。

アポなしアポ電強盗の被害届を、警察に提出したことを思い出した。犯人はなにも盗っていかなかったが、警察に勧められて被害届を出した。

「被害届を出すことに、なにか意味があるのか？」

どうせ犯人を捕まえる役には立たないのだ。被害届など気休めにすらならない。

「万一の場合とは、あなたが現に殺された場合を想定しています」

「ものすごいことを言うな」私は苦笑した。「被害届を出そうが出すまいが、死んじまったらそれでおしまいじゃないか？」

「そんなことはありません」水上が言った。「あなたが少しでも不審な死に方をした場合、不慮の事故ではなく殺人事件の疑いありとして、警察から真剣に捜査をしてもらえます」

水上は、あまりぞっとしないことを言った。

「考えておくよ」

苦笑いしながら、電話を切った。

いつの間にか車は停車し、エンジンが切れていた。辺りを見回すと、そこは地下駐車場のような場所だった。

「ここは？」怪訝に思って美咲にきいた。

「わたしのマンション」

運転席のドアを開けながら、さも当然のように言った。

まんまとしてやられた。

「この人をわたしの部屋まで運ぶわよ」

私は溜息を吐いて車から下り、後部座席のドアを開けた。カカウは胎児のように丸まって、大きないびきを掻いていた。

「こんな大男、いったいどうやってあんたの部屋まで運ぶんだ？」途方に暮れて、言った。

「守衛室に大きな台車があるわ」美咲が、スマートフォンを取り出しながら言った。「前に、北海道から届いた冷凍タラバガニを運ぶのに使ったから知ってるの」

美咲は守衛に、地下駐車場まで台車を持ってこさせた。守衛は平身低頭の体で台車を届けると、美咲とはあまり関わり合いになりたくないのだろう、すぐにその場から立ち去っていった。

「あんた、マンションの守衛を私用にこき使ってるのか？」

非常階段から台車を押し、車のところまで戻ってきた美咲に言った。

「植木鉢の事故を不問に付してあげてから、わたしは今までになく強い立場にあるのよ」

カカウを台車に載せようとしたが、身体が大きすぎてなかなかすんなりと載ってくれない。もしもこの様子が防犯カメラにでも映ったら、私と美咲は単なる拉致犯にしか見えないだろう。あ。

「この地下駐車場、防犯カメラは付いていないのか？」

「知らないわよ、そんなこと」美咲は、重労働のために荒くなった息遣いで言った。「守衛にきけばなんでも教えてくれると思うけど」

「そう、今のあんたは、今までになく強い立場だもんな」

そう皮肉ると、美咲がニヤっと笑った。

ようやく身体の大部分がはみ出した状態でカカウを台車に載せ、エレベータで地下一階から五階まで上った。それから美咲の部屋まで台車を押し、玄関で靴を脱がせ、あとは室内を引き摺るようにして、カカウを美咲のベッドまで運んだ。相変わらずカカウは目を覚まさない。時計を見ると、午後七時になっていた。

「なにか食べに行かない？」

昼はうどんだったので、かなりの空腹を感じていた。どうやら美咲も同じだったらしい。

「カカウをここに放っておくわけにはいかないだろう？」

「この人なら当分起きないわよ」美咲が、確信に満ちた口調で言った。「前に取材でこれと同じような人を見たことがある」

「なんだよ、これと同じような人って？」

「さあね」美咲が言った。「いずれにしても、放って置けばそのうち目を覚ますわ」

美咲に説得され、守衛室に台車を返却し、マンションの外に出た。外はすでに暗くなっていた。

「きょうはすごく疲れたから、なにかおいしいものが食べたいわ」美咲が、またまた勝手なことを言った。「たぶん入れると思うから、あそこへ行きましょう」

美咲に伴われて行ったのは、人形町にある有名なすき焼きの老舗だった。

マスクをした品の良い仲居に二階の座敷に案内され、座卓を挟んで、美咲と畳の上に座った。

ふたりとも、席に着くなりマスクを外した。

普段畳に座り慣れていないので、どう座っていいか分からない。私は胡坐（あぐら）を掻き、左右に開いた手をやや後方で畳に付いて身体を支えた。そうしないとうしろにひっくり返りそうだった。しゃぶしゃぶの一番高いコースに、ビールを瓶で頼んだ。まずビールと先付けが運ばれてきた。

私は美咲の、続いて自分のグラスにビールを注ぎ、特に理由もなく美咲とカチンとグラスを合わせた。

「ところでさっきの話はいったいなに？」美咲が、泡の髭を口の上に付けて言った。

「さっきの話？」私はとぼけようとした。

「ピノートに殺されるとか、どうとか？」

水上との会話によって、私のピノートに対する疑いはすっかり晴れていた。ならばこの件は美咲に話しても問題ないだろう。

「おれは」ビールで唇を湿らせてから、言った。「自分のラボで独自の乳酸菌を作って、その特許を持っている」

「乳酸菌の特許？」

「電話での会話に出てきたＵＢ40というのが、おれの作った乳酸菌のコードネームだ。ＵＢ40を使ったヨーグルトが『ネゴレスト』、それをピノートという会社がアメリカで製造販売している」

「そのピノートって、もしかしてあの悪名高いピノートのこと？」

ピノートには、かつて取締役が日本で巨大な犯罪を起こしたという前歴がある。そのためピノートは、日本での評判がすこぶる悪い。

「そうだ」私は苦笑いした。「だがこの話に出てくるピノートは、アメリカでヨーグルトを作って売ってるだけの会社だ。だから見逃してくれ」

「それならどうして殺すの殺されるのなんていう、物騒な話が出てくるわけ？」

美咲が膝を崩して、テーブルに身を乗り出してきた。

「そのヨーグルト『ネゴレスト』なんだが」私はグラスを口に運んだ。

「新型コロナウイルスに対する免疫作用があるという噂が立って、今年になって突然爆発的に売れ始めたんだ」

「なんかそんな話、ちらっと聞いたことがあるような気がする」

半分タレント化しているとは言え、もともとアナウンサーとして報道に携わっていた身だ。美咲が『ネゴレスト』についてなにがしかのことを知っていたとしても、さほど不思議ではない。

「でも変ね、どうして日本ではあまり話題になっていないのかしら？」

「恐らく、ＵＢ40がゲノム編集で作られた乳酸菌だからだろう」私は言った。「ゲノム編集食品は、日本では販売が認められていない」

「遺伝子操作されてるの？」美咲が眉を顰めた。

「そういうことになるな」美咲のステロタイプな反応に、苦笑した。「アメリカでは、動物のゲノム編集食品は禁止されているが、植物のゲノム編集食品は認められている。もちろん人間が食べる食品としてね。

日本やヨーロッパでは、動物植物問わず、人が食用にするゲノム編集食品はまだ認められていないけど」

「アメリカ人は、あなたがゲノム編集で作ったヨーグルトを食べてるわけ？」

「特に問題はないと思うけどね」グラスに残っていたビールを、一息で飲み干した。「世界シェアナンバーワンのトウモロコシと大豆の品種名、なんていう名前か知ってるか？」

「そんなの、知るわけないでしょ」

「だよな」私は自分のグラスにビールを注いだ。「おれも知らない」

「なに、それ？」

私はビールの追加を頼もうと、テーブルに備え付けのブザーを押した。

「ただ、はっきりしていることがひとつある。それは、世界シェアナンバーワンのトウモロコシも大豆も、遺伝子組み換え作物だということだ」

「そうなの？」美咲が目を丸くした。

「トウモロコシも大豆も、世界の生産量の九五％以上は遺伝子組み換え作物だ。だから当然そういうことになる」

恐らく『ネゴレスト』が日本で話題にもならないのは、遺伝子組み換え食品など人間の食べる物ではない、という考え方のためだ。

「それはともかく」私は続けた。「そのロイヤリティ、つまりおれがもらう権利使用料が、どうやら凄い金額になりそうなんだ」

「凄い金額？」

「毎年数千万から数億円」

美咲が、目を見開いて手の平を口に当てた。

「いつまで続くか分からないけどね」

「あなた、そんなお金持ちには見えないけど？」

「ほっといてくれ」

「人は見掛けによらないってことね」

襖がノックされ、仲居が入ってきて、しゃぶしゃぶの鍋をテーブルにセットした。ビールを追加で頼んだ。

「殺すの殺されるの、の件は？」

仲居が部屋を出て行くと、待ちきれない様子で美咲が私にきいた。

「ピノートが、高額のロイヤリティを支払うのがいやでおれを殺そうとしているんじゃないか？そう疑ったんだ」

「植木鉢や高速の事故のことね？」

私は頷いた。「ところがさっき弁護士と話してみて、どうやらそれはありえないということが分かった。おれを殺したところで、ピノートは損しかしないそうだ」

「横で聞いていて、なんとなく分かったわ」

美咲はこう見えて、なかなか鋭い洞察力を持っている。

「犯人は織原優子でもなかったわけよね」美咲はそう言って、考え込むような仕草を見せた。「じゃあ、あなたを狙ってるのはいったいだれ？　あなた、心当たりがあるんじゃないの？」

ピノートの線が消えたとなると、残っているのは河原崎誠一だけだ。

河原崎が私の純一郎捜索を阻止しようとしている。

「見当は付いているが、いまはまだ言えない」

「なに言ってんの？　そのせいで危うくわたしまで死にかけたのよ。わたしには知る権利があるわ」

勝手にくっついてきたくせに、またぞろ勝手なことを主張した。しかし高速道路での事故で、美咲を疑う理由が消滅していたこともまた事実だった。

スマートフォンが、ジーンズのポケットで震え出した。取り出して発信者を見ると牧村だった。私はその電話に出ず、ジーンズのポケットにそのままスマートフォンをしまった。午後七時四十五分だった。

カカウの状態を考えると、味方はひとりでも多い方がよかった。

私は決意を固め、大きく息を吸い込んだ。

「これから聞くことは、この部屋から外へは絶対に持ち出さない、そう約束してくれ」

「するわ」

「それじゃ、だめだ」私は首を横に振った。「今おれが言ったことを、口に出してぜんぶ復唱するんだ」

「これから聞くことは、この部屋から外へは絶対に持ち出しません。これでいい？」

「いいだろう」私は言った。「民法では口約束も契約のうちだ。契約書などなくても、契約を破ったら不法行為になり相応の罰を受ける。そのつもりでいてくれ」

「どうせだれにも言わないんだから、なんだっていいわ」

仲居がビールと、肉と野菜の乗った皿を運び入れ、作り方を説明し始めた。しかし美咲は「知ってるから、大丈夫です」とその説明を封じ、早々に部屋から仲居を追い出してしまった。

「これでいいわ。さあ話してちょうだい」

美咲はテーブルの上に両腕を組んで載せ、身を乗り出した。

「純一郎に失踪癖があることは知っていると思うが――」

「そうなの?」

「なんだ、知らなかったのか?」驚いて、きき返した。

「付き合って半年、一度も長期間いなくなったことはなかったわ」

美咲は、純一郎に失踪癖があることを知らなかった。

「それで?」

失踪癖など気にもとめていないように、美咲が先を促した。普段から、変わったやつらとばかり付き合っているのだろう。

「そもそもの発端は、牧村さんから掛かってきた一本の電話だった」

純一郎がまたしても失踪し、その間隙を縫ってＣＯＯの河原崎誠一が臨時取締役会を招集、純一郎解職の緊急動議を提出しようとしている、そう美咲に打ち明けた。

「マジで？」美咲が驚いた顔で言った。

「もしも純一郎が臨時取締役会に出席できなければ、十中八九解職動議が通って純一郎はＣＥＯを解職される」

「それで、純ちゃんを大急ぎで探していたのね」

私は頷いて続けた。「臨時取締役会は、今日から数えて四日後だ」

「四日後……」美咲が、顎に右手の人差し指を当てた。

「純一郎の失踪癖は、もともと社内でも秘密で、知っているのは牧村さんを含めて数人しかいない。そんななかお家騒動が起こり、だれが織原派でだれが河原崎派なのか、牧村さんにもまったく分からない状況になってしまった。

しかし数日以内に純一郎を見つけ出せなければ、純一郎がＣＥＯの座を追われることはほぼ確実だ。

そこで困り果てた牧村さんは、社内政治とは無関係で純一郎とは腐れ縁のおれに、純一郎捜索の白羽の矢を立てた、というわけだ」

「あの寝てる人は？」美咲が顎をしゃくった。

「カカウは、牧村さんがおれに付けてくれたアシスタント兼ドライバーの探偵だ」

「ふうん」そっけない態度だった。

「カカウの病状が気になる」

スマートフォンを取り出して電話を掛けてみたが、いくら待ってもカカウは電話に出なかった。

「だめだ、カカウは電話に出ない」

カカウと言えば――

「そう言えば、カカウみたいな人間を前にも見たことがある、そう言ってたよな？」気になっていたことを思い出した。

美咲は私の目を見詰めたまま、黙って頷いた。

「どういう意味なんだ？」

「前にドキュメンタリー番組の企画で、日雇い労働者向けの宿泊施設の取材をしたことがあるの」よほど嫌な記憶なのだろう、美咲は顔を顰めた。「そのときに見たのよ、あれと同じ症状の人を。とても放送できる内容じゃなかったから、オンエアではカットされたけど」

「同じ症状？　カカウはいったいどんな病気なんだ？」

「あの人は病気じゃないわ。間違いなく薬物の依存症よ」

「なんだって？」

そう言ったきり、二の句が継げなかった。

「気付かない？　どう見たって様子がおかしいじゃない？」

「そんなの、おれに分かるはずないだろう?」

内心の動揺を押し隠そうとしたが、難しかった。

美咲が盆の上に箸を揃えて置き、私の目を見据えた。

「あの人、いつも眠たそうにしていなかった?」

確かにその通りだったが、私は反応しなかった。

「発汗もあったんじゃない?」

「おれは気が付かなかった」

「妙にハイなこととか、あったでしょ?」

「そんなことは……」

ないと答えかけて、はっとした。思い当たるふしがあったのだ。

「あるのね?」美咲が上目遣いに私の目を覗き込んだ。

水天宮通りでうしろから突き飛ばされ、トラックに轢かれそうになったときだ。あのときのカカウは妙な躁状態にあって、明らかに様子がおかしかった。

「やっぱりね」美咲は再び箸を手にし、ポン酢だれにしゃぶしゃぶした牛肉をひたした。「二度とあの人に車を運転させちゃだめよ」

「とても信じられない」私は美咲に食い下がった。「カカウには何度か危ないところを助けられているんだ」

水天宮通りでトラックに轢かれそうなところを助けてくれたことや、天空橋で暴漢を撃退したことについて美咲に話した。

「クスリをやっていないときは平気なのよ。問題は、我慢できずにクスリに手を出したあとよ」

そのときは、水天宮通りでの躁状態や、現在のような昏睡状態に陥る、ということか。

「あの人が警察を嫌がるのも、恐らくクスリが理由ね」美咲があっさりと言い、牛肉を口に入れた。

ふと、カカウの奇妙な態度について思い出した。カカウは私が医者から処方された薬を丹念にチェックし、「問題ない」と言った。そのあと高速の事故で私が右腕と肋骨を強打したときには、たとえ医者から勧められても、絶対にある系統の鎮痛剤にだけは手を出すな、と私に釘を刺した。

「食べないの？」

食の進まない私に、美咲が言った。美咲から促されて肉や野菜を食べてみたが、何を食べても味がしなかった。鎮痛剤が切れたのか、肋骨までがずきずきと痛み出した。

「味がしない」箸をおいて、ぼそりと言った。

「あなた、コロナに感染したんじゃないの？」

美咲はそう言うと、大袈裟に上体をのけぞらせた。

「たぶん違うと思う」

私たちがしゃぶしゃぶを食べ終わった頃、ちょうどいいタイミングで仲居が襖をノックした。

うどんにするか雑炊にするかと聞かれ、美咲が「雑炊で」と答えた。

「お昼はうどんだったからね」

美咲が顔をくしゃっとさせ、満面のあざとカワイイスマイルを作った。

「その笑い方なんだが」私は美咲にきいた。「どこかで習ったのか？」

「専門の学校があるのよ、高田馬場に」

「やっぱりそうか」

美咲が、奇妙な生き物でも見るような眼つきで私を見た。

「なんだ？」

「今の、冗談なんですけど」

「こっちの答えも冗談だ」

食べ終わって、店の外に出た。急に美咲の家に外泊することになったので、途中のコンビニで、替えの下着とソックス、それに歯ブラシを買った。

部屋に着くと、普段からの習慣なのか、美咲は暗い室内に向かって「ただいま」と言いながら靴を脱いだ。

私はカカウの様子を見に、ベッドルームへ行った。

カカウは、相変わらず高いびきを掻きながら昏々と眠っていた。美咲は、男っぽい性格なのか、寝室を見られることをまったく気にする様子がなかった。整然と片付いており、確かに見られて困るようなものはなにもなかった。

「薬が抜け切るまで、このままずっと眠り続けるわよ」

いつの間にか私の横に立っていた美咲が、カカウを見下ろして言った。

「薬が抜けるのに、どのぐらい掛かるんだろう?」

「さあ」美咲は大きな溜息を吐いた。「下手すると、このまま三日ぐらい眠り続けるかもね」

リビングに戻ると、美咲は、

「ちょっと片付けがあるから、あなたはあっちで座ってて」

と言い、エプロンをしてキッチンに立った。

それが案外似合っていたので、少なからず驚いた。

「なにか飲む?」

シンクで洗い物をしていた美咲が、背中で言った。

「そうだな、じゃあ、あればコーヒーを」

絶妙な色あいの北欧風のソファに腰を下ろし、テーブルの上に置いてあったリモコンでテレビをつけた。リビングは優に二十畳はありそうで、床には高価そうなオレンジ色の絨毯(じゅうたん)が敷かれていた。

リモコンでチャンネルを換えながら、果たして牧村はカカウの薬物依存症のことを知っているのだろうか、と考えた。恐らく私と同じで、まったく気が付いていないのだろう。そうでなければ、いくら困ったとしても、薬物依存症の男を純一郎探しのアシスタントに付けるはずがない。

私はいつの間にかカカウを信用し、頼りにするようになっていた。ところがそのカカウは、薬物依存症のためいざというときには使い物にならないことが分かった。カカウなしで河原崎の妨害を跳ねのけて純一郎の探索を続けることなど、ほぼ不可能なことのように思われた。

美咲が私の目の前にコーヒーの入ったマグカップを置き、自分は缶ビールを片手に私の横に座って膝を抱えた。時計を見ると、夜の九時になろうとしていた。そろそろ今後どうするかを決めて、牧村に連絡しなければならない。

「ここで電話してもいいか？」美咲にきいた。

「いいわよ。どうしてわざわざそんなことを断るの？」

「これから牧村さんと話すんだが、きっと会話の中であんたのことが話題になるからだ」私は、申し訳ないという表情を作って、言った。

美咲には先の店ですべてを話していたし、仮に牧村との会話の中で美咲に触れることがあったとしても、タッチィな内容にはしないつもりだった。電話するためだけに、またあの熱暑の中に身を置くのは嫌だった。

牧村は、三回のコール音のあと電話に出た。

「お待ちしていました」

「遅くなってすいません」牧村に詫びた。「さっきはちょっと取り込んでいたもので、電話に出られませんでした」

「またなにかあったんじゃないかと、ちょっと心配していました。で、どうでしたか？」

「今の彼女にも、織原優子にも、怪しむべきところはなにもありませんでした。純一郎の彼女がラボの件で嘘を吐いているとは、私には思えません」

美咲の顔を横目でちらりと見たが、こちらの会話を気にしている様子は微塵も感じられなかった。美咲は缶ビールを飲み干し、立ち上がって二本目を取りに行った。

「わけが分かりませんね」牧村が言った。

「ええ」

「白金の方は？」

「織原優子は、慰謝料なしで円満離婚することに決めたようです。これ以上純一郎とかかわることをひどく嫌がっていました」

「そうですか」牧村が言った。「織原の居場所は依然として分からないけれども、離婚問題の方は無事に片が付きそうだ、というわけですか」

「そういうことです」

牧村に、「ここで手を引く」と伝えなければならない。

私は大きく息を吸い込んだ。

「今日、カカウのポルシェが細工されて、あやうく高速道路でクラッシュ事故を起こすところでした」

牧村が、電話の向こうで言葉を失ったのが分かった。

「交通量が少なかったので大事に至らずに済みましたが、普段なら死んでいてもおかしくないような大事故でした」

しばらく黙っていた牧村が大きな溜息を吐き、

「ここらが潮時ですね」

と、観念したように言った。

「これ以上あなたの身を危険に曝すわけにはいきません。これまでに掛かった経費はもちろん、報酬の方も、後金まで含めて満額お支払い致します」

「だれが降りると言いました？」

ことばが勝手に口を衝いた。

隣に座っていた美咲が缶ビールを持つ手を止め、私の顔をじっと見ているのが分かった。

「やめないつもりですか？」牧村が、困惑したように言った。

「私がいまここで降りたら、純一郎はいったいどうなるんです？」

「しかし――」

「こんなところで降りるわけにはいかない」

自分の声が強い怒気を含んでいることに驚いた。それがだれに対するどういう怒りなのか、自分でも分からなかった。

「まだ四日、いや三日ある。臨時取締役会までに、かならず純一郎を見つけ出します」

「探す当てはあるんですか？」途方に暮れたような声で、牧村が言った。

当てなど、もうどこにもなかった。

「私たちがこうして必死になって純一郎を探しているというのに、純一郎からは未だになんの連絡もない。いくらなんでもちょっとおかしいとは思いませんか？」私は牧村に言った。

「おかしい……ですか？」牧村が、ためらうように言った。「言われてみれば、確かにそんな気がしてきました」

これだけ探しているのに、純一郎の行方は杳としてつかめていない。横浜のマンションにも、西荻の実家にもいない。美咲を訪ね、優子を訪ねたが、そこにも手掛かりはなかった。コロナの渦中で移動を極力制限されているこの時期、純一郎がどこかに出奔したとは到底考えられない。純一郎の身になにかが起こっている。もはやそうとしか考えられなかった。

「河原崎誠一が」私は決然と言った。「どこかに純一郎を監禁しているのではないでしょうか？」

頭の片隅にあった疑惑が、咄嗟に口を衝いた。

「いや、まさか、いくらなんでもそれは……」牧村は明らかに狼狽していた。「かりそめにも河原崎はバイオソニックのCOOです。CEOの誘拐など、やるはずがありません。失敗したときに失うものが大き過ぎます」

「分かりました」私は引いた。「しかし犯人が河原崎でないと言うなら、もうそろそろ警察に相談すべきときではないでしょうか？　今回はいつもの失踪などではなく、純一郎がほんとうに何者かによって拉致されたという可能性がある」

「警察に通報などしたら」牧村は、震える声で私に反対した。「おおごとになります。解職動議どころの騒ぎではない。ＣＥＯが誘拐されたと大騒ぎした挙句、もしもこれがいつもの織原の失踪癖によるものだったりしたら……」

想像から生まれる恐怖のせいか、牧村は最後まで話し切ることができなかった。

「ちょっといい？」美咲が私の左肩に手を置き、耳元で囁(ささや)いた。

「少々お待ちください」牧村に断って、一旦通話を保留にした。

「なんだ？」少しイラつきながら、言った。

「警察に誘拐事件だと通報したところで」美咲が言った。「恐らくまともに取り合ってはくれないわよ。犯人からなんの要求もないんじゃ、誘拐事件として立件のしようがないじゃない。

仮に警察が誘拐事件として動いてくれたとしましょうか。

そのときには、純ちゃんにもともと失踪癖があるってことが、たちどころに明らかになるわよ。

それがマスコミに漏れでもしたら、純ちゃんは――」

美咲は、左手の甲を上に向けて手刀で首のあたりを横に切るジェスチャーをしながら、舌を鳴らした。

「織原はどのみち首ってことか?」私は言った。「じゃあ、どうしろって言うんだ?」

「河原崎誠一と直接会って話すのよ」美咲は、カカウがよくやるようにニカっと笑った。「虎穴に入らずんば虎子を得ず、よ」

「正気か?」私は呆れた。

「正気も正気、おお正気よ」

私は頭の中でさまざまなケースをシミュレーションしてみた。最初はあまりにも無謀な計画だと思ったが、いくつかのシミュレーションを終えたときには、かなり良いプランなのではないか、と思い始めていた。

「案外、ありかも知れない」

「でしょ?」

通話の保留を解除し、

「もしもし」

と、牧村に呼び掛けた。

「はい」

「河原崎誠一と会って、直接話をつけます」

「なんですって?」牧村が慌てた声を出した。「それはまずい、いけません。せっかく水面下で進めてきた準備がすべてご破算になります」

私は大きく息を吸い込んだ。

「もはやそんな悠長なことを言っていられる場合ではありません。河原崎と直接会ってなにか見つけるか、それともいますぐ誘拐事件として警察に通報するか、そのふたつにひとつです。私が会ってみて河原崎になにか事件に関与している気配があったら、その場で河原崎を締め上げて純一郎の居場所を吐かせます」

「カカウと一緒に乗り込む気ですか？」牧村の声には、不安が滲んでいた。

カカウの様子が頭に浮かび、一瞬答えに窮した。

「もし河原崎が監禁犯だった場合」牧村が言った。「あなたが突然押しかけたら、動揺して織原を殺すかも知れません」

「その可能性は極めて低いと思っています」

「どうしてそう言い切れるのですか？」

「いみじくもあなたが先ほどおっしゃったことが、その根拠です」私は答えた。「河原崎はいやしくもバイオソニックのCOOです。河原崎の目的は純一郎を辞任させることで、殺すことではない。必要なのは、純一郎が臨時取締役会に出席できないようにすることだけです。

河原崎が純一郎を殺すとしたら、純一郎の面前に犯人として顔を曝している場合です。その場合は、残念ながら、私が河原崎を訪ねようと訪ねまいと、どうしたって純一郎が生きて帰ってくることはないでしょう」

私のことばに牧村が絶句した。

一拍置いて、私は続けた。

「こう考えてもいい。もしも純一郎が失踪したまま戻らなければ、その間に緊急動議で純一郎を解職して新たなCEOになった河原崎は、確実に純一郎の誘拐や殺人を疑われる。ですから臨時取締役会のあと純一郎が生きて姿を現わすことは、実は河原崎にとっても至上命令なのです」

「至上命令……」牧村が、放心したように呟いた。

「解職が決まった後で純一郎がいくら『監禁されていた』と騒いだところで、所詮負け犬の遠吠えに過ぎません。バカンス中にCEOを解職された腹いせに、苦し紛れの出任せを並べている、周りからそう思われたとしても仕方がないでしょう。

逆に言うと、河原崎が監禁犯だった場合には、適切な圧力さえかけることができれば、計画の実行を諦めて純一郎を解放する可能性は極めて高いと言えます。河原崎が監禁犯でなかった場合は――」

「そのときは?」

「誘拐事件として、すぐに警察に通報してください」

その場合、純一郎が生きて帰ってくることはまずないだろう。

「分かりました」牧村が言った。「あなたが河原崎と会えるよう、段取りをつけましょう」

「どうやって河原崎の予定をこじ開けるつもりですか？」

河原崎はＣＯＯだ。平日の日中はすでに予定がびっしりと詰まっているはずだ。

牧村は、しばらく考えるように間を取ってから、言った。

「上京中の地方の有力株主が突然ＣＯＯを表敬訪問したいと言い出した。これでどうでしょう？」

「うまいことを考えますね」牧村のアイディアに舌を巻いた。

「では、河原崎の予定を押さえて、改めてご連絡します」

牧村はそう言って、電話を切った。

「わたしも一緒に行くわよ」隣にいた美咲が言った。

私は大きな溜息を吐いた。

「そう言うんじゃないかと思っていたよ」

第七章　ホットドッグ、サンド&シガレッツ

寝返りを打った拍子に、胸に激痛が走って目が覚めた。

時計を見たが、スマートウォッチは充電が切れて止まっていた。キッチンに行ってコップに水を入れ、鎮痛剤を一錠飲んだ。

絨毯の上に座り、スマートフォンと入れ替えにスマートウォッチの充電を始めたとき、美咲がリビングに入ってきた。美咲は「おはよう」と言いながら、巨大なリビングの巨大なカーテンを開けた。良い天気だった。スマートフォンを見ると、午前七時を十五分ほど回ったところだった。

寝室へ行き、カカウの様子を確認してみた。カカウの昏睡はまだ解けていなかった。

「まるで眠れる森の美女だな」独り言を呟いた。

美咲の見立てが正しければ、カカウを病院に連れて行けば薬物依存症が判明し、その途端に病院から警察に通報される。寝る前に調べてみたら、医師においては、犯罪事件の通報義務の方が個人情報の秘匿義務よりも上位に位置付けられているようだった。カカウの身体は心配だったが、薬が抜けて自然に目を覚ますのを待つほかなかった。

リビングに戻ってテレビをつけた。いつもと編成が違っていて、この日が日曜だと知った。

ソファに腰掛け、スマートフォンをいじっていた美咲が、

「マネージャーから昨日来てたＬＩＮＥに、いま気が付いたわ。ようやく次の収録日が決まったみたい」

と、ほっとしたように言った。

「コーヒー、淹れるわね」

美咲はスマートフォンをテーブルに置いて、立ち上がった。

そのとき、置いたばかりの美咲のスマートフォンが、大きな音を立てて震え出した。化粧っ気のない顔に怪訝な表情を浮かべ、美咲が電話に出た。美咲の目がみるみる大きく見開かれた。

「純ちゃん！」美咲が叫ぶように言った。

「スピーカモードにしてくれ」

私も慌てて叫ぶように言い、スマートフォンをテーブルの上に置いてもらった。

「純一郎、大丈夫か？」

「その声は……ひょっとしてＱか？」

純一郎がかすれた声で言った。声で私だとすぐに分かったようだ。なんとも言えない、面映ゆい気持ちになった。

「どうしてＱが美咲と一緒にいるんだ？」純一郎が怪訝そうに言った。

「一緒にあなたを探してるのよ」美咲が怒ったように言った。

「心配したぞ」私は純一郎に言った。「いまどこにいるんだ?」

「分からない。どうやら僕は誘拐されたみたいだ。倉庫のような場所に軟禁されている」

美咲が真っ青になった。心の準備はできているつもりでも、実際に当人の口から聞かされるとやはり相当ショックが大きかったのだろう。

「怪我はない?」気丈さを見せて、美咲が純一郎に確認した。

「怪我はさせられていない。朝晩二回だが、食事もきちんと与えられている。扱いは丁重だ。だが閉じ込められていて出られそうにない」

やはり河原崎のしわざだと、直感した。

「おれのＬＩＮＥメッセージは見たか?」

「いや、見ていない。なにしろ僕のスマホはすぐにやつらに取り上げられてしまったから。この電話は、見張りが置き忘れたスマホで掛けているんだ。いまは運転中だと思うが、スマホの置き忘れに気付いたら、見張りはすぐに戻ってくるだろう。だからあまり長くは話せないと思う」

「それで番号を覚えていたわたしに電話してきたのね」美咲が言った。

美咲の声は、場にそぐわない嬉しそうな空気をまとっていた。

「このままだと」私はテーブルの上のスマートフォンに向かって言った。「三日後の臨時取締役会でおまえはＣＥＯの座から引き摺り下ろされる」

「なんだ、それは?」純一郎が驚いたように言った。

「河原崎誠一が、CEO解職の緊急動議を提出するんだ」

「河原崎さんが……」そう言ったきり、純一郎はあとにことばが続かなかった。

「拉致監禁も河原崎のしわざだ。取締役会当日までおまえを監禁しておくつもりだろう」

純一郎は、依然として黙ったままだった。

「すぐ警察に通報して、助けを呼んでやる」

「だめだ」純一郎が慌てたように言った。「犯人が河原崎さんなら、なおさら警察はだめだ」

美咲と顔を見合わせた。

「純ちゃん、なに言ってるの?」美咲が切羽詰まった声で言った。

「COOが」純一郎はかすれた声で言った。「会社の実権を奪うためにCEOを拉致監禁した。そんな話が世間に知れてみろ、バイオソニックの社会的信用はガタ落ちだ。株主は無論のこと、金融機関、取引先、一般ユーザー、それらステークホルダー全員の信用を失う」

「あなたの安全の方が大切じゃないの」美咲が叫ぶように言った。

「Q、僕をずっと探してくれていたんだろう?　だったらお願いだ、僕をここから出してくれ」

「無茶を言うな」今度は私が大声を出した。「おれはただのバイオハッカーだぞ」

「カカウがいるじゃないか」純一郎が言った。「この数日の傾向から見て、見張りはこのあと夕方の食事まで戻ってこない。Qの言う通り、恐らく犯人は河原崎さんで間違いないだろう。河原崎さんの目的は僕を臨時取締役会まで閉じ込めて出席させないことだと言ったよな？　だったら、それ以上の危害を加える気は、河原崎さんにはないはずだ。そう考えれば、この緩やかな軟禁状態にも説明がつく。僕はここから抜け出せさえすればいい。そうすれば臨時取締役会に出席し、河原崎さんの解職動議を阻止できる」

同じ研究室で同じ分子生物学を学んだせいか、私と純一郎の思考回路はたいへんよく似ている。純一郎の推測は私の推測とほぼ同じだった。

虎口を逃れ、臨時取締役会に出席する。純一郎とバイオソニックがともに生き残れる道はそれ以外にない。純一郎はそう考えていたし、私もまったく同じ考えだった。ここまで来た以上、私としては純一郎の意志を尊重するほかない。

「おまえを助けに行く」私は言った。

「ありがとう」純一郎がほっとしたように言った。

「ちょっと、本気で言ってるの？」美咲が驚いた顔で私を見た。

「そこがどこか分かるような手掛かりはなにかないか？」美咲のことばを無視して言った。

「倉庫のようなところだ」純一郎が言った。「薄いスティール製の壁。内壁には補強材として鋼鉄製のパイプがX字型に打ってある。広さは……かなり広い。水天宮のマンションのロビーぐらいの大きさだ。かすかに有線放送のような音楽が聞こえる」

「有線放送の音楽か……」私はさらにきいた。「中にはなにがある？」

「建築現場の足場を組むのに使うような長い鉄製のパイプ、金属製の汎用パネル、金属やプラスティックでできたいろんな部材、金属枠のオープンキャビネット。ごく普通の物置だ。変わっていることといえば、書類の類が一切ないことぐらいかな」

「窓は？　外は見えないか？」

「倉庫だから窓は付いていない。高い位置に横長の明り取りの窓があるだけだ。サイズ的に、あそこを人間が通り抜けるのは不可能だ」

　電話を始めてからすでに五分ほどが経過していた。私は焦りを感じ始めた。

「明り取りから、外は見えないか？」無理を承知で、純一郎にきいた。

「倉庫の中で箱馬を見つけたので、その上に乗って明り取りから外を見ようとしたんだが、高過ぎて無理だった」

　純一郎の身長は一七〇センチ強だ。四、五〇センチの台に乗っても二メートルちょっとにしかならない。

「ちょっと待って」黙っていた美咲が、突然口を開いた。

「いまは手元にスマホがあるわ。台に乗って手をめいっぱいに伸ばせば、外の写真が撮れるんじゃないかしら？」

　素晴らしいアイディアだ。

「できるかも知れない」純一郎が言った。

「撮れたら、写真をわたし宛にＬＩＮＥして」と、美咲。

「だめだ、いまはアカウントが分からない」

美咲が一瞬考えてから、言った。

「じゃあ、撮った写真をあなたのインスタに上げて」

「分かった、ちょっとやってみる」

「もしもし？」

美咲が呼び掛けたが、返事はなかった。

台に乗ってもスマートフォンが明り取りに届かなかった場合、私たちにはどこかの倉庫という
こと以外、なんの手掛かりもないことになる。

「今、撮った写真をインスタに上げた」純一郎が電話口に戻って、言った。

「分かった」

美咲が、純一郎のインスタグラムのアカウントをチェックした。

「まだ上がっていないわ」

美咲がイライラした口調で言った。

「上がった」美咲が小さく叫んだ。

「まずい、見張りが戻ってきた」純一郎の声が、緊張の色を帯びた。

「すぐに撮った写真と通話履歴を消去しろ」私は純一郎に言った。

「分かった、やってみる」

そこでぶつりと電話が切れた。

美咲が、自分のスマートフォンに写真を保存した。

「見て」

美咲の肩越しに覗き込むと、うなじの辺りから若い女性特有のなんとも言えないよい匂いがした。

「観覧車が写ってる」美咲が、見たままを口にする子供のように言った。

観覧車の中心には、数字が赤い色でデジタル表示されていた。

「これって、みなとみらいの大観覧車じゃないか？」

「こっちのビルにも見覚えがあるわ」美咲が、観覧車の左に写っていた特徴的な形のビルを指差した。「ヨコハマグランドインターコンチネンタルホテルよ」

「おれにもその写真を送ってくれ」

「いま、送った」スマートフォンを操作しながら、美咲が言った。

「手がかりはこの写真だけか」私は独り言のように呟き、腕組みをした。「写真一枚から、撮った場所を割り出さなくてはならない」

「リフラフマップとストリートビューを使えば、かなり場所は絞れるわよ」美咲が言った。「だいたいこの辺りね」

美咲がスマートフォンを操作して、リフラフマップを私に示した。

「みなとみらいの埋立地のあたりか?」

「たぶん遊園地の中なんじゃないかしら?」美咲はそう言って、私の顔を見上げた。「前に純ちゃんとこの遊園地でデートしたことがあるわ。なによ、その眼つき?」

いい歳をして遊園地が好きだなどという女を、私は信用しないことにしている。

「別に」

私は絨毯に腰を下ろし、自分のデイパックを引き寄せた。

遊園地の中ならば、備品倉庫があってもおかしくない。事務所の倉庫ではないのだから、書類箱がひとつもないというのも頷ける。なにより有線放送のような音楽が聞こえるというのは、いかにも遊園地らしい。

私はまだ充電途中だったスマートウォッチを右手首に巻き、充電ケーブルをタップから外してデイパックにしまった。

「なにする気?」

「出かける」私は片付けを続けながら言った。「だいぶ場所は絞れたけど、ここから先は現地に行って調べるほかない」

純一郎が私たちと連絡を取り合ったことがバレたら、河原崎から監禁場所を移されてしまうかも知れない。そうなったら完全にお手上げだ。

カカウは昏睡を続けており、当分動けそうになかった。純一郎は「カカウがいるじゃないか」と言ったが、こうなったら一人で行くしかない。

「わたしも一緒に行くわ」美咲が立ち上がった。

「優子や河原崎と会うのとは、わけが違うんだぞ」

織原優子や河原崎などは、言ってみれば心やさしき文化系だ。だが私が行こうとしていたのは、まさに体育会系の猛者たちが仕切っているような場所だった。

「だってあなた、あそこの遊園地に行ったことないんでしょ。わたしは行ったことがあるのよ」

「だめだ。いくらなんでも危険過ぎる」

「あの人は行けないんだから――」美咲が、カカウの寝ている方を顎で示しながら言った。「わたしが行くしかないいじゃないの。ていうか、怪我人のあなたを一人で行かせるわけにはいかないわ」

足の傷はたいしたことはなかったが、高速の事故で右腕と肋骨を強打していた。ことに肋骨の方は、下手をすると折れているかも知れなかった。

ふたりでしばらく、連れていけ、いかないの押し問答をした挙句、美咲が言った。

「だったら別行動にしましょう。こうなったら、どっちが先に純ちゃんを見つけるか競争よ」

美咲のこのセリフで、勝負の帰趨は決した。

「どうしてあんたはそう強情なんだ?」私は天井を仰いだ。

「強情な女だけが芸能界で生き残れるのよ」

そう言うと、美咲はまるでカカウがやるようにニカっと笑った。

ふと思い出し、デイパックの中を探った。中に、カカウが貸してくれたガラケーに偽装されたスタンガンが入っていた。

「一緒に行ってもいいが、ひとつ条件がある。これを肌身離さず持っていてくれ」私は美咲にスタンガンを渡した。

「ダッサ」美咲が顔を顰めた。「なにこれ？」

「スタンガンだ」

私は、カカウから教わった通りに、美咲に使い方を教えた。美咲が試しにスイッチを入れると、バチバチと物凄い音がして電極の間に火花が散った。

「これ、使った相手が死んだりはしないでしょうね？」美咲が怪訝そうに言った。

「大丈夫だ。死ぬことはないから安心していい」

死ぬかも知れない。だがそんなの、知ったことか。

美咲に怪我でもされては、純一郎に合わせる顔がない。過剰防衛に問われたとしても、美咲には取り敢えず生きていてもらわなければ困る。

美咲が着替え、化粧が終わるのを待つ間に、防犯カメラ映像を見られないか守衛室にインターホンできき、牧村に連絡を入れた。時計を見ると、午前九時になろうとしていた。コール音二十回分待ったが、牧村は電話に出なかった。私は諦めて電話を切った。

「お待たせ」

リビングのドアが開いて、すっかり身だしなみを整えた美咲が現れた。

サテン織りに見える白いノースリーヴに、薄いペイズリー柄の入ったブルーグレイのゆったりとしたキュロットをはいている。化粧はどぎつくはなく、それでいて地味すぎもしない。ウェストは引き締まっており、胸とおしりは下品でない程度に張り出している。

美咲はウェストの辺りに指を挟んでチェックし、

「自粛期間中にちょっと太っちゃったみたい」

と、一部の女性が聞いたら、殺されても文句が言えないようなことを口走った。

「さ、行きましょうか」

「その前に買物をしなければならない」

「そんなことをしてる余裕あるの？」

着替えと化粧に三十分も費やしたのは、どこのどいつだ。

「純一郎は『閉じ込められている』と言っていたから、きっとあちこち強引に突破しなくちゃならないはずだ。そのためのツールが要る」

「なにが必要なの？」

「バール、ハンマー、プライヤー、ワイヤカッター、ボルトカッターその他、不法侵入に必要なツールだ」

「当然ながら、うちにはないものばかりね」美咲がスマートフォンを取り出した。「隅田川を渡った向こう側に、大きなホームセンターがあるわ。ここからだと車で十分もかからないところよ」チェックすると店は九時開店だったので、時間的にはちょうど良かった。出掛ける前に寝室にカカウの様子を見に行った。カカウが寝返りを打ち、意味の判然としない寝言を呟いた。

「意識が戻り掛けているのかも知れないわね」

「そうだな」

私たちは、カカウをそのまま寝室に残し、美咲の部屋を出た。

美咲は車の運転を嫌がった。となると、そのあとの遊園地への移動は、必然的に電車で、ということになる。マスクをしているとはいえ、美咲と一緒に電車に乗ると、他の乗客から気付かれて騒ぎになる危険性があった。私はそのことを指摘した。

「とにかく、もう車を運転するのは嫌なの」美咲は頑として譲らなかった。「電車がだめなら、お金は私が出すから、遊園地までタクシーで移動しましょう」

私は了承し、水天宮通りでタクシーを捕まえてホームセンターに向かった。ホームセンターで仕入れた物を詰めると、デイパックが非常に重くなった。恐らく二十キロは越えていただろう。

私たちは再びタクシーを捕まえて後席に乗り込んだ。絶対忘れないように、デイパックはトランクに入れず座席に持ち込んだ。福住（ふくずみ）という聞いたことのない入口から首都高速9号深川線に乗り、みなとみらいに向かった。

「遊園地、やってるかな？」美咲が、タクシーの後席でぼそりと呟いた。

「二月末から三か月間は休業していたらしいが、緊急事態宣言明けの六月からは営業を再開しているそうだ」窓から外を眺めながら答えた。

「いつの間に調べたの？」

「さっき、あんたが化粧している間に」

「あなたもやればできるじゃないの」

私は苦笑いした。

美咲が言った通り、ひとりだと不安なのは確かだった。だが美咲を伴うことは、新たな不安の種を増やしたに等しかった。

カカウさえいてくれれば。

そう切望した。仮定法過去、すなわち現在の事実と反対の仮定だ。

カカウに関して、ひとつ気になっていたことがあった。

「高速で怪我をしたとき、なんとか系の鎮痛剤だけは絶対に飲むな、とカカウから言われたんだ」

海を正面に見ながら、高速道路が大きく右にカーブするあたりで美咲に言った。

「そばに立ってたから、あなたたちの会話は聞こえてたわ。あっ——」

美咲がはっとしたように言い、それから深い溜息を吐いた。

「いま繋がった。そういうことだったのね」

「なにが、『そういうこと』なんだ?」

「あの人は、あのとき、オピオイド系って言ったのよ」

「確か、そんなような単語だった」うっすらと記憶が甦ってきた。

「オピオイド系鎮痛剤は、確かに鎮痛効果は高いんだけど、モルヒネとほとんど同じ成分だから依存性も高くて、一度ハマるとなかなか抜けられなくなるらしいのよ。

アメリカで最近大きな社会問題になっていて、オピオイド系鎮痛剤の依存症患者は二〇〇万人、死亡者はすでに一五万人以上と言われている。日本で市販はされていないけど、医者には処方できる」

「そんな危険な薬、日本でも医者が処方するのか?」驚いて言った。

「わたしに言われてもね」美咲は肩をすくめた。「そういうクレームは厚労省に言ってちょうだい」

「カカウはオピオイド系鎮痛剤の依存症に違いない、そういうことか?」

美咲が頷いた。「あの人は、あなたにはオピオイドの依存症になって欲しくなかったのよ」

みなとみらい出口で高速を下り、桜木町方面に向かって進み、遊園地の正面ゲート前でタクシーを降りた。

時計を見ると、ちょうど十一時だった。園内は私が予想していたよりも人出が多かったが、恐らく夏休みが重なった日曜日だったからだろう。私たちは、純一郎が送ってきた写真と実際の風景を見比べながら、目的の場所を探して歩き始めた。

「もうちょっと向こうかしらね」美咲が半分振り返りながら言った。

あちこちで立ち止まってはスマートフォンを掲げ、目に見えている観覧車・ホテルと見え方を比べた。

マスクにサングラスだったせいか、彼女があの日向美咲だと気付く者はひとりもいなかった。傍目には、スタイルのいい彼女とそのダサい彼氏が、楽しく自撮りをしながら歩いているようにしか見えなかっただろう。

「あれ、乗りたいなあ」メリーゴーラウンドを見て、美咲が言った。

私は、咎めるように目を細くして美咲を見た。

「冗談に決まってるでしょ」美咲は、くしゃっと鼻筋に皺を寄せた。

メリーゴーラウンドの向こうには、ジャングルジム、すべり台、ぶらんこなどの遊具が並ぶフリースペースがあり、手前には休憩用のベンチスペースがあった。

デイパックの重さに辟易していたので、「ちょっと、休憩」と美咲に言い、そばにあったベンチに腰を下ろした。その瞬間、ポケットの中でスマートフォンが震え出した。取り出して見ると、牧村からだった。

「すいません、さっきは取り込み中で電話に出られませんでした」牧村が申し訳なさそうに言った。

「今朝、純一郎から突然電話が掛かってきました」

「なんですって?」

「やはり河原崎に監禁されているようです」

牧村はことばを失ったのか、なにも言わない。

「純一郎から写真を送ってもらい、いまその場所に来ています」

「写真?　場所がどこか分かったんですか?」

「みなとみらいの遊園地です。いまはそこまでしか分かりません。これから場所を特定して、純一郎を助け出します」

「無茶しないでください、これから私もそちらに向かいます」

牧村のうしろが、人声でざわざわしていた。

「いま、どこですか?」牧村にきいた。

「どうしても外せない仕事があって、千葉まで来ています」

だとすると、どんな交通手段を使ったとしても、ここまで一時間半はかかるだろう。

「すいませんが、待っていられません。純一郎の居場所が分かり次第、単独で救出に当たります」

「単独で?」牧村が怪訝そうに言った。「カカウは一緒じゃないんですか?」

「カカウは――」私は言い淀んだ。

牧村はカカウの雇い主だ。カカウが薬物依存症だとチクることはできない。

「カカウは倒れました。いまはベッドで眠っています」

「倒れた?」牧村の声に緊張が走った。「病気ですか、それともだれかにやられたんですか?」

「いまは詳しく説明している時間がありません。純一郎を助け出してから、また改めて電話します」

「ちょっと待ってください、Qさん……」

電話口で取りすがる牧村を無視し、強引に電話を切った。

「牧村さんから?」横に座っていた美咲が言った。「来てくれるって?」

「牧村さんはそう言っているが、たぶん間に合わない」

「そう」美咲が言った。「腹が減っては戦はできぬよ。一旦お昼にしない?」

すでに十二時に近く、私も空腹を感じ始めていた。そばに、ピンクと白の縦縞のオーニングが張られたホットドッグスタンドがあった。

「ここで待っていてくれ」

美咲にそう言いおいて、ホットドッグを買いに行った。

カウンターで、接客の女性スタッフにふたり分のホットドッグと飲み物を頼んだ。

「熱いのでお気を付け下さい」

アルミホイルに包まれたふたり分のホットドッグを、女性スタッフがトングに挟んでカウンターの紙トレーに置いた。

どのぐらい熱いのか確かめようと、アルミホイルを手に取った。

「あつっ」

あまりに熱くて、左右の手でお手玉でもするように扱うほかなかった。

「ですから、熱いと」

マスクをした女性スタッフは、残念な人を見るような目付きで私の顔を見た。

ベンチに戻り、ホットドッグの乗った紙トレーと紙カップがふたつ入った紙製のホルダを、自分と美咲の間に置いた。

「熱いから気を付けろよ」

ホットドッグスタンドの女性スタッフの受け売りをして横目で眺めていると、美咲は無頓着にアルミホイルを手に取り、なんでもないことのようにホットドッグを取り出した。

どういう手の皮の厚さだ。

美咲が来園者たちを見ながら、深い溜息を吐き、

「純ちゃん、ほんとにこんなところにいるのかな?」

と、途方に暮れたように呟いた。

「そうだなあ」

私は熱さに注意しながらホットドッグを取り出し、改めて園内を眺めた。

コロナ騒動が寛解状態に入ったお盆休みの日曜日だ。子供を連れて遊びにきたと思しき、多くの家族連れの姿があった。と、目の前で五歳ぐらいの女児が転んでわんわん泣き出した。美咲がその子を助け起こし、泥をはたいて慰めてやった。マスクをした父母と思しきふたりが女の子に駆け寄って、恐縮しながら美咲に一揖し、去っていった。あるいは、園内を闊歩しているカップルの姿があった。アイスキャンディーを舐めながら、顎マスク、ダブルピースで楽しそうに自撮りしている。

のどかさと楽天性に溢れたこの場所のどこかに、禍々しくも純一郎が監禁されている。美咲が途方に暮れる気持ちが私にも理解できた。

ふたりで黙ってホットドッグを食べ、コーヒーを飲んだ。

それからさらに一時間ほど園内を歩き回り、純一郎が送ってきた写真とアングルがぴったり一致する場所にとうとう辿り着いた。

「ここだ」私は言った。

「ここね」美咲が同意した。

そこは巨大な備品倉庫のようだった。どういう理由かは分からないが、外壁はピンクに塗られていた。遊園地のアトラクションからはかなり離れた場所にあり、人通りがなかった。たぶん営業時間中にここに近づく者など、だれもいないだろう。

園内放送のJポップ音楽が風に乗って流れてきた。倉庫の中ではかすかにしか聞こえないに違いない。ここなら人をひとりやふたり監禁しても、だれにも気付かれずに済むだろう。

倉庫正面は、左右にがらがらスライドするタイプの扉になっていた。閉じられた合わせ目には鎖が回され、南京錠で施錠されている。触って確かめてみると、ずっしりと重く、鉄鎖の直径は一センチほどもあった。

美咲が扉に近寄り、どんどん叩きながら、

「純ちゃん、そこにいるの?」

と、大声で中に向かって呼びかけ始めた。

「おい、大きな声を出すな」辺りを見回しながら、慌てて言った。「騒ぎを聞きつけて関係者がやって来たら、おれたちにはなんの申し開きもできないんだぞ」

「そんなこと言ったって、中に純ちゃんがいるのよ?」

「騒ぎを起こして一番困るのは、ほかならぬ純一郎だ」

そう言うと、美咲は唇を嚙み締めて黙り込んだ。

いずれにせよ、美咲の呼びかけに対し倉庫の中からはなんのレスポンスもなかった。私たちに連絡したことがバレて、純一郎は別の場所に移されてしまったのかも知れない。そう考えると鼓動が速まった。

頭の中で状況を言語化して整理してみた。

仮に純一郎がすでに別の場所に移動されていたとする。その場合、私がいまこの倉庫に侵入したとしても純一郎を救うことはできない。が、そのことによって純一郎の状況が悪化することも、またない。

一方、純一郎がまだこの倉庫にいたとする。その場合、私がいまこの倉庫に侵入すれば、純一郎を救うことができる。そしてそのときには純一郎の状況は劇的に好転する。

倉庫に侵入するという行動の問題点は、器物損壊と不法侵入の罪を犯すという点だが、今の状況を考えれば軽微な問題である。

両者を比較すれば、どうすべきかは明らかだった。

「さっきからなにひとりでぶつぶつ言ってんの？」美咲が、気味悪そうに私の顔を見た。

「なんでもない」心臓の鼓動は通常スピードに戻っていた。「ちょっと建物全体を確認してくる」

美咲を正面に残して、倉庫の横手に回った。あちこち壁面をノックしてみたが、どこも重くくぐもった音がした。中からは何の反応もない。正面から向かって右の側面に、小さな換気用の小窓が付いているのを見つけた。純一郎が言った通りかなり高い位置にあり、外から覗き込むことはできなかった。ぐるりと一周してみたが、正面のほかには出入口はなかった。数日前、天空橋でも似たようなことをしたのを思い出した。夜で、激しい雨が降っていた。遠い昔の出来事のように思われた。

「出入口はここだけのようだ」

正面に戻り、待っていた美咲に言った。

こっそり忍び込みたかったが仕方がない。デイパックを地面に置き、中からボルトカッターを取り出した。

「結局、ここから入るのね」

私は一センチ径の鉄の鎖にボルトカッターを嚙ませ、力を込めた。ところが右手にまったく力が入らなかった。驚いて右手を見ると、指先がぷるぷると小刻みに震えていた。呆然とした。

「どうしたの？」

私の様子を怪訝に思ったのか、美咲が後方から覗き込むようにして言った。

「手にまったく力が入らないんだ」

高速道路でポルシェがスピンしたとき、ドアで右肘を強打したせいだろう。コーヒーの入った紙カップを持つ程度のときには気が付かなかったが、いざ大きな力を出そうとしたら、まったく右手に力が入らなかった。

「両手でやってみたら？」美咲が不安そうに言った。

両手でチャレンジしたあと、美咲の方を向いて首を左右に振った。私はもともと左手の握力が弱く、二十キロ弱しかない。時刻は二時になろうとしていた。朝の電話で、純一郎は、「見張りは朝夕食事を運んでくるだけで、それ以外の時間はほったらかしだ」と言っていた。純一郎の言った通りなら、日暮れには食事を与えるため見回りが戻ってくる。

「ちょっと貸して」

美咲が私の手からボルトカッターを奪おうとした。

「あんたはこれには関わらない方がいい」美咲に言った。「器物損壊と不法侵入だ。このご時世、違法行為を犯したらあんたのキャリアは終わるかも知れないぞ」

「いまさらなに言ってんの？」美咲が言った。「毒を食らわば皿までも、よ」

私は美咲の説得を諦めた。

美咲も試したが、女性の力ではやはり太い鉄鎖を切断することはできなかった。ふたりで力を合わせてやってみたが、結果はやはり同じだった。

「だれかに手伝ってもらおうか？」美咲が言った。

呆れたという顔をして美咲を見た。

「分かってる」美咲が言った。「その『だれか』から見たら、私たちのやってることは単なる犯罪だ、そう言いたいのよね」

美咲は、私の発しなかった問いに自分で答えた。

カカウさえいてくれたら。心の底からそう思った。死んだ子の歳を数えても詮ないことだった。

「参ったな」

つい弱音が口を衝き、私はアスファルトの地面にへたり込んだ。

「諦めたの？」美咲が、厳しい女性教師のような口調で言った。

「いま考えているところだ」

科学実験と同じで、必ずやどこかに突破口があるはずなのだ。私は青空を仰ぎ、次いで地面に目を落とした。

「ガスバーナーでも買って来ようか?」美咲が言った。

「ガスバーナーを店頭で売っているような店などない」思考を邪魔され、つっけんどんに答えた。

「なに言ってんの?」美咲が気色ばんだ。「山ショップに行けば、キャンプ用のガスバーナーがいくらでも売られてるわよ」

私は溜息を吐いた。

「あれは調理用でまったく火力が足りない。あんなもんでこの鋼鉄の鎖が溶かせると、本気で思ってるのか?」

馬鹿じゃないのか、と言いそうになったが、ぐっと飲み込んだ。生前、妻から「人のことを馬鹿と言ってはいけない」と何度も諭されていたからだ。

私は続けた。

「この太い鋼鉄の鎖を断ち切るには、線路の溶接に使うような何千度にもなるガスバーナーが——」

そこまで言いかけて、電撃的にあるアイディアが浮かんだ。

線路の溶接に使うようなガスバーナー。

「遊園地に戻る」私は言った。「あんたも一緒に来てくれ」

「ちょっとなによ、突然？」

「いいから来てくれ」

園内に戻って十分ほど歩いたところで、ようやく目当てのものを見つけた。

「あった」

「探し物って、あれ？」

私の視線を追って、美咲は遊具の一群を指差した。

ジャングルジムや滑り台では子供が列をなして遊んでおり、砂場では数人の子供がしゃがみこんで砂遊びをしていた。

「コーヒーミルが要る」

「もう、なんなのよ、いったい？」

生ジュース用のブレンダかフードプロセッサでもよい。とにかく、物を細かく粉砕する器具が必要だった。ホットドッグスタンドに生ジュース用のブレンダがあったが、さすがにあれを盗むのは無謀だ。検索すると、遊園地から八〇〇メートルほどのところに家電量販店が一軒あった。スマートフォンで美咲に店の名前と場所を示した。

「この店で、電池で動くもののうちいちばんパワーのあるコーヒーミルを買ってきてくれ。迷ったら全部買ってきていい。電池も忘れずに。費用はあとで牧村さんに請求するから、タクシー代やそれ以外の買い物についても、忘れずに領収書をもらっておいてくれ」

この非常事態に領収書の話をしているのが奇妙だった。

「理由を教えてよ」美咲が憮然とした表情で言った。

「そのうち分かるから。さあ行った行った」

手で美咲を追い払うような仕草をした。美咲は最後まで不服そうにしていたが、それでも買い物には行ってくれた。

美咲が行くのを見届けてから、私は砂場に向かった。プラスティックのスコップで砂を掬っていた子供が、動きを止め私の顔を見上げた。子供に「よお」とひとこと挨拶し、並んで砂場にしゃがみ込んだ。

私は右手首からスマートウォッチを外し、やにわにそれを砂の中に突っ込んだ。砂の中から引き抜くと、砂に混じった砂鉄が裏側にびっしりと貼り付いていた。スマートウォッチの裏側は磁石になっているからだ。私は砂のついたスマートウォッチをジーンズの右前のポケットにいれ、中で砂粒を毟り落とした。それを数回繰り返し、充分と思われる量の砂鉄を確保してから立ち上がった。子供は口をぽかんと開けて、こちらを見上げていた。

次に、メリーゴーラウンドを挟んで反対側にあるホットドッグスタンドを目指した。午後二時過ぎの太陽が、情け容赦なく身体を照りつけた。

「すいません」

額の汗を手の甲で拭いながら、カウンター越しに午前中にいたのと同じ女性スタッフに声を掛けた。アイスティーと、ちょっと考えてから、ソフトクリームを頼んだ。欲望には勝てなかった。

「お客さん、さっきもいらっしゃいませんでした？」

マスクをしていたのだが、私を覚えていたようだ。

「ばれましたか」

そう言って、頭を掻いた。

ソフトクリームとアイスティーを受け取って、

「ちょっとお願いがあるんですが」

と、女性スタッフに頼んだ。「アルミホイルを少し分けてもらえませんか？」

女性スタッフは一瞬面食らったようだったが、私は上得意であり、大した要望でもなかったので、必要とするだけのアルミホイルをすんなり私にくれた。

昼に座ったベンチに腰を下ろすと、ポケットの中でスマートフォンが震え出した。アイスティーをベンチに置いて、苦労して片手でスマートフォンを取り出した。まりえからだった。

「いま、電話、大丈夫？」

「大丈夫だ」

まったく大丈夫ではなかった。純一郎は監禁されていたし、片手にはソフトクリームを持ったままだった。

「三回忌の件だけど、十一月の二十一、二十二、二十三日のどれかにしようと思うんだけど、どうかな?」

「いいよ」

「いいよってなによ、候補日は三日あるのよ?」

「まりえちゃんとお義母さんは何日がいいんだ?」私は言った。「おれはふたりの都合に合わせるよ」

「もう」まりえが、電話の向こうでむくれているようだった。「じゃあ二十一日にしましょう。二十一日は土曜日だから、日月とこっちに泊っていくといいわ」

「オーケイ、それで予定組んでおく」

「じゃあ、また電話するね」

まりえはそう言って、電話を切ろうとした。

「まりえちゃん」

私がまりえに呼び掛けたとき、見覚えのある、スタイルのいい女性が目の前を通りかかった。

「なに?」

「なんでもない、また電話するよ」

そう言って、慌てて電話を切った。

考えてみたら、私の方からまりえに電話したことは過去に一度もなかった。そのことにそのとき初めて気が付いた。

「美咲さん」

　ベンチから声を掛けると美咲が立ち止まり、あたりをきょろきょろと見回した。私はマスクを外し、「こっちこっち」と左手を振った。

「買って来たわよ、コーヒーミル」

　美咲は私の隣に腰を下ろすと、小振りのダンボール箱をぽんぽんと叩いた。

「人にコーヒーミルを買いに行かせておいて、自分はソフトクリームを食べてるわけ？」美咲が呆れたように言った。

　コーヒーミルにアルミホイル、これで材料は揃った。

「大好きなんだ」私はにっこりと笑った。「心配しなくても、あんたのアイスティーもちゃんとある」

　美咲は私からアイスティーを受け取り、左手首にはめた文字盤の白いパテックを見た。

「そんなことより、もう三時よ。早く行きましょう」

　美咲に促され、私はコーヒーミルの箱を左手に持って立ち上がった。むろん、右手にはソフトクリームだ。

「あれ」美咲がなにかに気が付いたように言った。

「いま脇の下のとこに、なんか付いてたわよ」

「どっちだ？」

「右側」

私は右腕を上げて、脇の下を覗き込んだ。

「自由の女神」美咲が言った。

やられた。

急いで腕を下ろし、あたりを見回した。幸い、こちらに注目している者はだれもいなかった。

「しゃぶしゃぶ屋のお返しよ」

美咲が私の顔を見て、にやにやした。

私は軽く咳払いをして、美咲を睨んだ。

「さあ、行きましょう」

そう言うと、美咲はすたすたと先に立って歩き出した。

美咲のうしろを尾いて歩きながら、ソフトクリームを食べようとした。溶けたソフトクリームがだらだらと手に垂れてきて、みっともないこと夥(おびただ)しかった。ソフトクリームを買ったことをとことん後悔した。人類はいまだにソフトクリームを男らしく食べる方法を発見していない。

途中トイレに寄って手を洗い、ふたりで倉庫まで戻った。

「さて、なにが始まるのかしら」美咲が言った。

私は地獄のように重たいデイパックを地面に下ろした。

「じゃあ、これを手で細かく千切って、そのコーヒーミルで挽いてくれ」

ホットドッグ店で仕入れたアルミホイルを、美咲に渡した。

「なに、これ?」美咲が呆然とした表情で言った。

「見て分からないか、アルミホイルだ」

「そんなこと分かってるわよ。なにをやる気か説明しないと、これ以上なにも手伝わないわよ」

美咲が腰に両手を当てた。「さっき『毒を食らわば皿までも』って言ったけど、なにが『皿』なのかは教えてちょうだい」

私は溜息を吐いた。「テルミットバーナーであれを焼き切るんだ」

顔の動きで倉庫の扉に渡されている鉄鎖を示した。

「なによ、そのなんとかバーナーって?」

「テルミットバーナー」私は言った。「高熱を発生させて鉄を溶かし、鎖を焼き切る」

「そんなバーナー、どこにもないじゃないの?」

「これから作るんだよ」私は言った。「おれとあんたで」

美咲はなにか言いかけて、やめた。

力で切断することができず、他人に頼ることもできない。調理用のバーナーは売られていても、鋼鉄をトーチ溶接できるほどの出力のバーナーなど、そこらの小売店では手に入らない。私が思い付いた苦肉の策がこれだった。

私はアルミホイルを一枚地面に敷き、その場でジーンズを脱ぎ始めた。

「ちょっと、いきなりなにすんのよ?」

美咲が顔を赤らめ、慌てたように顔を背けた。

私は脱いだジーンズの右前のポケットから、砂場で集めてきた砂粒を注意深くアルミホイルの上に振り落とした。

「これは砂鉄だ」そっぽを向いている美咲に言った。「なんだよ、説明しろと言ったのはあんただぞ?」

「聞いてるわよ」そっぽを向いたまま、美咲が言った。

「砂鉄とは、酸化した鉄のことだ」作業を続けながら、美咲に説明した。「これと粉々にしたアルミホイルを混ぜ、発生する熱であの鉄の鎖を溶かす」

「アルミホイルが燃えるわけないじゃない」美咲が、思わずといった体でこちらを向いた。「トースターに入れられるんだから」

「燃やすわけじゃない」私は辛抱強く言った。「酸化還元反応って覚えてるか?」

「むかし学校で習った気がするけど、さすがに内容までは覚えてないわ、ガリ勉くん」

「酸化反応の代表は、燃焼と金属の錆びのふたつだ」私は言った。「金属の錆びの多くは燃焼と同じ発熱反応だ。使い捨てカイロはその性質を使っている。アルミニウムも錆びるときに熱を発するから、それを使って鉄の鎖を溶かすんだ」

「使い捨てカイロですって?」美咲が馬鹿にしたように吐き棄てた。「ほのぼの温まったところでどうなるっていうの？　相手は鉄の鎖なのよ、キッチンバーナーの方がまだましよ」

「分かってないな」私は頭を左右にゆらゆらさせた。「一口に『錆びる』と言うが、酸化鉄を使ったアルミニウムの『錆びる』は爆発的な反応なんだ。砂鉄とアルミニウム粉末に熱を加えると、そこから連鎖酸化反応が始まり、温度は一気に三〇〇〇℃まで上昇する。鉄の鎖などあっという間に溶けてしまう」

「三〇〇〇ど？」

美咲の目が点になった。

人間の目が実際に点になるところを、私ははじめて見た。

「『テルミット反応』というんだ。実際にやってみればすぐに分かる」

「詳しい仕組みは分からないけど」美咲は、アルミホイルを手で千切り始めた。「取り敢えず私はアルミホイルを手で千切ればいいのね？」

私は頷いた。「広い表面積が必要だから、アルミホイルは最終的には粉末状になるまで細かくしなければならない」

テルミット反応における酸化鉄とアルミニウムの最適な比率は、概ね七対三と言われている。しかしそれは、純粋な酸化鉄を使う場合だ。砂場の砂鉄のように不純物が多く含まれる場合、果たしてどのぐらいの比率が最適なのかは分からなかった。

「なに、悩んでるの？」

「いや、なんでもない」

「あなたが悩んでると、こっちまで不安になるじゃないの。悩んでることがあるなら、わたしにも言ってよ」美咲が言った。「あとはネットで調べるとか」

私は顔を上げた。

「そうか、調べればいいんだ」

私はスマートフォンを取り出すと、「テルミット反応」と入力した。

YouTubeに、身の回りのものを使って実際に「テルミット反応」を起こしている実験動画がアップされていた。

その動画の実験者によると、砂鉄を使った場合の砂鉄とアルミニウムの最適比率はおよそ十対三だった。

ひとつ解決。

だがほかにも心配の種があった。コーヒーミルではアルミホイルを細かく砕き切れず、充分な表面積が得られないかも知れない。

テルミット反応は連鎖核分裂と似ている。エネルギーを外部から加えて最初の反応が起こると、次の反応は最初の反応で生まれた反応熱によって引き起こされる。これが無数の酸化アルミニウム分子と酸化鉄分子に対して次さらにまたその次と連鎖的に伝播し、爆発的な反応が瞬間的に起こるのだ。テルミット反応が始まるかどうかは、アルミニウムの表面積の広さに依存している。

表面積が広い、とは、粉末が細かいということと同義である。表面積が広いと反応が起こりやすくなる。昔の炭鉱で炭塵の爆発事故が起こったのはこのためだ。

これぱかりは実際にコーヒーミルを回してみるほかない。

美咲が千切ったアルミホイルをコーヒーミルに入れ、一番細かい挽き方に設定してスイッチを押した。甲高い唸り声を上げながら、コーヒーミルが回り始めた。

「しばらくは仕上がり待ちだ」

私は地面に腰を下ろし、周りにだれもいないのを良いことに、マルボロを取り出して火を点けた。

「園内は禁煙よ」

「くだらん」私は吐き棄てるように言った。「大気中に拡散するたかだか煙草一本の煙に、人に対する健康被害など起こせるわけがない」

「あら、そう」

美咲はそう言うと、自分もバッグからメンソール煙草を取り出して火を点けた。

美咲は、私と並んで、アスファルトの地面に体育座りする形になった。中学生に戻ったような気分だった。

空は抜けるように青く、白い入道雲がもくもくと湧いていた。なんという種類かは分からないが、近くで蝉が鳴き集いている。コロナや誘拐騒動の渦中だとはとうてい思えないほど、のんびりとして天気の好い夏の日の午後だった。アルミホイルが挽き上がるまで、なにもやることがなかった。

「純ちゃん、ほんとにこの中にいるのかしらね?」

美咲が心配そうな顔でこちらを見た。

「疑ったところで、なんの意味もないよ」私は言った。「どうせほかに当てはないんだから」

「ところであなた、いつまでその格好でいる気?」突然気付いたように、美咲が言った。

「涼しくて快適なんだがな」

美咲に促され、私はしぶしぶジーンズを穿いた。

途中、十五分おきにミルの中のアルミホイルの状態をチェックした。コーヒーミルを回し始めてから一時間ほど経ったとき、ずっと黙っていた美咲がことばを発した。

「いったいどのぐらいの時間、これを動かせばいいの?」

「分からない」私は答えた。「なにしろ初めてやる実験だから」

美咲が私を「二度見」した。

「嘘でしょ?」信じられないという顔で言った。「そのうちミルの電池が切れるわよ」

時間を確認した。すでに四時に近く、刻一刻とタイムリミットが迫っていた。この実験には二度目のチャンスはない。だから慎重に進める必要があった。

さらにしばらくコーヒーミルを回していると、ある瞬間に音が変わった。ぶんぶんいっていたのが、すんすんという間の抜けた音に変わったのだ。

私はミルを止め、本来なら挽かれた後の豆の粉が溜まる容器の蓋を、そっと開けた。すると粉末になったアルミ箔が、まるで煙のように空中に舞った。

完全な粉末になった証拠だった。

「よし、これぐらいでいいだろう」私は立ち上がった。「ここらで勝負と行こう」

取っておいたアルミホイルを一枚地面に敷き、挽き上がったアルミの粉末を、飛ばしてしまわないように注意しながらその上に移した。風がなかったのは僥倖だった。

次に、砂場から取った砂鉄を注意深くそのアルミ粉末の上に移していった。正確に十対三にしたかったが、重さを測ることができない。よって目分量でやるほかなかった。

適当なところで砂鉄を加えるのを止め、アルミホイルの両端を絞って容器のような形に閉じ、砂鉄とアルミ粉末が均等に混じるようシェイカーのように振った。

再びそれを開き、徳用マッチの先端部分を混合粉末の上にナイフで削り落とした。本来の実験ではマグネシウムリボンを使うのだが、その替わりの燃焼材である。

出来上がったものを運んで、扉に渡された鋼鉄の鎖の上にダクトテープで固定した。

仕上がりを少し離れて眺めた。多少不安定かつ不格好だったが、それで我慢するよりなかった。

着火用の徳用マッチを、マッチ箱から一本取りだした。ここで着火に失敗したら、最初からやり直す時間はどこにもない。武者震いがして、深呼吸を数回繰り返した。

「そのマッチで火を点ける気？」うしろから美咲が言った。「さっき三〇〇〇℃で爆発するって言ってなかった？　あなたが腕を失うところは見たくないわ」

「考え直した方がいいんじゃない？」美咲が言った。

「危ないから、下がっていろ」

美咲は、煙草の煙をふうっと吐き出した。

美咲に言われ、もう一度自分で作った急造の実験キットを眺めてみた。

マッチの軸はせいぜい四、五センチだ。これでは着火時にテルミット・バーナーに近過ぎる。実験の成否ばかりを気にして、自分の安全確保に考えが及んでいなかった。せめて長尺マッチを買っておくべきだった。だがすでに太陽は傾き始めており、時間にゆとりはない。

なにか状況を打開する良いアイディアはないかと思案した。美咲が少し離れたところで煙草を喫っていた。落ち着かないのか、美咲はのべつまくなしに煙草を喫っている。その姿を見てあることを思い付いた。ポケットからマルボロのボックスを取り出し、残っている煙草の本数を数えた。五本残っていた。

「タバコ、あとどのぐらい残ってる？」

少し離れたところで煙草を喫っていた美咲にきいた。

美咲が自分の煙草の残りを数えた。「八本残ってるわ」

「それを全部おれにくれ」

「嫌な予感がするわね」美咲が言った。「念のためにきくけど、なんで？」

私は、地べたに座り込み、自分のマルボロの一本からフィルターを毟り取って、ドライバーで煙草葉をほじり出している最中だった。

「見ての通りだ」

美咲は、しぶしぶといった体で煙草の箱を放って寄越した。

自分のマルボロと美咲のメンソール煙草の一本一本から同じようにフィルターを取り外し、ドライバーを使って中の煙草葉をすべてほじくり出した。

「タバコの葉っぱなんか、なんに使う気？」

横にしゃがんで作業を見ていた美咲が、当然の質問をした。

「導火線を作る」

「導火線？」意図が飲み込めないのか、美咲が鸚鵡返しにした。

「使うのは葉っぱじゃなく、巻紙の方だ。見てみるといい」指先で持った円筒状の巻紙を、美咲の目の前に近づけた。「等間隔で線が入ってないか？」

「ほんとだ」美咲が寄り目になって言った。「目盛りみたいに線が入ってる。知らなかったわ」

「それは火薬だ」

「火薬？」美咲が身をのけぞらせた。

「煙草の巻紙には」私は説明した。「等間隔で火薬を沁み込ませてある。さっき見えた目盛りのような線は、その沁み込ませた火薬の跡だ」

私は、手元に残しておいたマルボロの最後の一本に火を点けた。

「葉巻は喫っていないと火が消えてしまうが、煙草は灰皿に置いておいても火が消えないだろう？　それはその火薬のせいなんだ」

私は煙草の煙を吐き出した。

美咲がみるみる蒼褪（あおざ）め、目を吊り上げた。「どうして自分だけタバコ喫ってんのよ？」

「ばれたか」私は苦笑した。

フィルターを向こうに向け、喫っていた煙草を美咲に差し出しながら言った。「このあと火気厳禁の実験をするから、そいつが喫い納めだ」

煙草を喫う美咲の横で、巻紙を手の平で撚り合わせ、十センチほどの導火線の代替品を作った。

「少し離れててくれ」

美咲は倉庫の入り口から三メートルほどうしろに退いて、煙草の火を消した。

時計を見ると、すでに四時半を回っている。あまり時間が残されていない。マッチを擦って急ごしらえの導火線に火を点けると、巻紙で作った導火線がちりちり音を立てながら燃え始めた。

自分が唾を飲み込む音が、骨伝導ではっきりと耳に聞こえた。

美咲の居た地点まで急いで離れ、祈るような気持ちで急ごしらえのテルミットバーナーを見守った。美咲が汗ばんだ指を私の指に絡めてきた。導火線が短くなり、バーナーに到達したのが見えた。

その次の瞬間――

テルミットバーナーがゴゴゴゴっという轟音を立て、猛烈にまばゆい光を発しながら爆発した。

美咲が「きゃっ」という小さな叫び声を上げ、私の身体にしがみついてきた。私も無意識に左腕で両目をガードするような姿勢を取っていた。轟音と白い閃光を伴う爆発がおよそ二、三秒続き、太い鉄の鎖が溶けて、まるで気を失った人間のように、ずるずると倉庫の扉から地面へとほどけ落ちた。

「うまく行ったってことよね？」

美咲がおずおずと言った。真っ赤に光るどろどろが、倉庫前の地面で、まるで生命あるもののようにとぐろを巻いてうごめいていた。

「あれは三〇〇〇℃のマグマだ。絶対に近づいてはいけない」

私がそう言うと、美咲が首をすくめた。

溶け落ちて赤く滾るマグマ状の鉄を迂回し、反対側から倉庫の扉に近づいた。握力が失われていたので両手で倉庫のドアを動かそうとすると、ドアは拍子抜けするほどあっさりと、音もなく右にスライドした。倉庫の中はほの暗かったが、外光が入ると確かにテニスコート一面分ほどの広さに見えた。

「純ちゃん、どこにいるの？」

美咲が私の忠告を無視して大声で叫び、私を追い越して前方へと駆けていった。私は、中からの反応がまったくないことがずっと気になっていた。中央が比較的広いコンコース状のスペースになっていたので、あたりに注意しながら、ゆっくりとそのコンコースを奥に向かって歩いた。

純一郎から電話で聞いていた通り、コンコースの両脇にはオープンのスティール製キャビネットが整然と並んでいた。純一郎が電話してきたのはここからと考えて、まず間違いなさそうだった。

倉庫の最奥の見えない場所で、突然美咲が悲鳴を上げた。全力で走っていくと、美咲がうずくまっていて、その前でなにかが床に転がっていた。

純一郎だった。

心臓が冷たくなった。

次の瞬間、後頭部に鋭い痛みを感じて世界が真っ暗になった。

第八章　織原純一郎の帰還

気が付くと、両手両足を縛られ、ギャグボールを噛まされて床に転がされていた。どれほどの時間が経ったのか、皆目見当が付かなかった。見上げると倉庫の天井には蛍光灯があり、煌々とあたりを照らしていた。

身体を反転させると、同じように縛られて美咲が転がっていた。生きているのか死んでいるのかさえ、俄かには分からなかった。しばらく目を凝らして見ていると、美咲の身体がかすかに上下しているのが分かった。上体を持ち上げると、美咲の向こう側に純一郎が同じように転がされているのが見えた。純一郎も息をしていて、私は安堵した。

ドアが閉ざされていたためか、倉庫の中はサウナにでもいるような暑さだった。純一郎はこんな灼熱地獄に何日もいたのか。だらだら汗が流れ、それが目に入ってしみた。それで初めて、自分が目隠しをされていないことに気が付いた。見ると、純一郎と美咲も目隠しをされていなかった。

とてつもなくいやな予感がした。

どこからともなく、背が高く、顔が長く、黒いマスクをした男がのっそりと現れた。声を出そうとしたが、ギャグボールを嚙まされていたためただ唸り声とよだれとが漏れただけだった。男は目尻が皺だらけで、鼻から下が顔の半分を占めていた。マスクで覆いきれず、鼻の頭が外にはみ出していた。肩まで届く長髪で、ウェスタン風の凝った刺繡飾りのあるデニム地のベストを素肌に直に羽織っていた。下はベルボトム風のジーンズに、恐らくヴィンテージもののウェスタンブーツを履いていた。夏は足が蒸れてしょうがないだろうに、と余計なことが心配になった。

顔の長い男はジーンズのポケットからスマートフォンを取り出し、私の顔を見ながらだれかに電話をかけた。

「おれだ」顔の長い男が言った。「つかまえた。すぐやるか?」

柄に似合わずキーが高くハスキーで、ひどく耳障りな声だった。イントネーションにかすかな訛りがあったが、どこの訛りかは分からなかった。

顔の長い男はしばらく相手の話を黙って聞いていたが、やがて、「それは予定と違う。止めた方がいい」と、相手を諭すようなことを言った。それからまたしばらく黙って相手の話を聞き、何度か相槌を打った末に、「分かった、じゃあそれまで待つよ」と言って、電話を切った。

男は私たちには目もくれず、鉄パイプがピラミッド状に三角形に積み上げられた場所まで移動し、そこに腰を下ろした。それから読みかけと思しき文庫本を開くと、熱心に読み始めた。男はまるで暑さを感じていないように見えた。

私のデイパックと美咲のハンドバッグは、男のいる場所のすぐそばの床にひと固まりにされていた。どうやら美咲は、せっかく貸してやったスタンガンを使わずじまいだったようだ。

次第に肋骨が痛み始め、やがて耐え難いまでになった。ギャグボールを噛まされたまま大声で喚いた。顔の長い男がそれに気付き、近寄って来て私のギャグボールを外した。

「水をくれ。それと、あのデイパックの中に薬が入っているから飲ませてくれ」

顔の長い男は黙って頷くと、私のデイパックとペットボトルの水を携えて戻ってきた。それから私の口に鎮痛剤を含ませ、水を飲ませてくれた。

「あのふたりにも水をやってくれ。でないと、ふたりとも熱中症になるぞ」

顔の長い男は純一郎と美咲に目をやったが、結局、関心がなさそうになにもせずに元いた場所へと戻っていった。

鎮痛剤のお蔭で痛みは引いたが、今度は暑さのためにうとうとした。だれかに頬をぴたぴたと叩かれて目が覚めた。

新しくきた男が、私の三メートルほど先に立っていた。

中肉中背で、半袖のポロシャツに伸縮性のありそうな長いベージュのパンツを穿いていた。これといった身体的特徴がない。ゴルフファッションも相俟って、いかにも平々凡々を絵に描いたような男に見えた。白いマスクをしていたため、顔はまったく分からなかった。

顔の長い男が新しく来た男からキャディバッグを受け取り、かわりに椅子を床に置いた。

「ここは暑いな」新しく来た男が、襟をぱたぱたさせながら言った。

「仕方がないだろう、倉庫なんだから」顔の長い男が答え、それから怪訝そうにキャディバッグを見た。「それにしても、なんでこんなものを持ってきたんだ？」

「ゴルフ場から家まで送ってくれるという部下に、急に用事を思い出したからとここで下ろしてもらったんだ」

顔の長い男がバッグの一番上のジッパーを開き、中のクラブを一本引き抜いた。

「いま話題のドライバーだな。どうだ、これ？」

そう言うと握ったクラブを左右に揺らし、小首を傾げた。「少し手元調子過ぎるな」

「私は君ほど力がないんでね」

「部下なら、キャディバッグを宅配便で送らせれば良かったじゃないか」

顔の長い男がクラブをバッグに戻しながら言った。

「あしたも別の取引先とラウンドがある」

新しく来た男は、面倒を苦にしていないような口ぶりで言った。

「立場が立場なんだから、クラブはツーセットぐらい持っておいた方がいいぞ」顔の長い男が言った。

「もう一セットは別のゴルフ場にあって、あしたのラウンドには間に合わないんだよ」新しく来た男はそう言って肩をすくめた。「それにしても暑い。この時間だ、どうせもうだれもこないだろうから、あそこの扉を開けてきてくれ」

いったいいまは何時なのだろうか？

新しく来た男は、私から少し離れた場所に置かれた椅子に、静かに腰を下ろした。顔の長い男が扉を開けたのか、倉庫の中がはっきりと涼しくなったように感じられた。

河原崎誠一は、もともとサイアーファンドという投資会社の上級副社長だった。そこを純一郎にヘッドハントされ、ＣＯＯとしてバイオソニックに転職したのだ。

河原崎誠一に会ったことは一度もなかったし、どういう人物なのかもよく知らなかった。だが、マスク越しでくぐもってはいたが、新しく来た男の声にはどこかで聞き覚えがあった。

私は罵声を浴びせようとした。だが結果は先ほどと同じで、出たのは唸り声とよだれだけだった。

新しく来た男の指示で、顔の長い男が、手足が縛られたままの私を、金属製のオープンキャビネットを背凭れ替わりにして物でも立てかけるように床に座らせた。

顔の長い男が私のギャグボールを外した。その途端、よだれが口から溢れ、みっともなく顎まで垂れた。

「こうまでしてＣＥＯの地位が欲しいのか？」

ゲイリー・オールドマンのように唾を吐き散らしながら、叫ぶように言った。

新しく来た男は、マスク越しにふふふと含み笑いをした。

その含み笑いは次第に大きくなり、やがてヒステリックと言ってもいいほどの高笑いに変わった。呆気に取られていると、「いや、失敬」と言いながら、目尻に溜まった涙を取り出したハンカチで拭いた。

「それにしても――」

そこまで言ったところで、再び発作に見舞われたような男の高笑いが始まった。ひきつけでも起こすのではないかとこちらが心配になるほどだった。

「そうかそうか」ようやく笑いの発作が収まると、男は我に返ったように言った。「これは参った、まいっちんぐマチコ先生だ」

愕然とした。

声に聞き覚えがあるのも当然だった。

世界の構図がぐにゃりと歪み、私は混乱の真っただ中に放り込まれた。とんでもない読み違いをしていた。だがいったいどういう読み違いだ？

倉庫の中は酷熱だというのに、ひどい悪寒がした。

「あんた、河原崎に寝返ったのか？」声に力が入らなかった。

「寝返った？」牧村秀明はマスク越しに私をせせら笑った。「それは心外ですね」

牧村が、意識を失って横たわっている純一郎の方を見た。「私は常に織原の味方です。そう言ったでしょう？」

「ふざけるな」私は大声で言った。「純一郎はスキャンダルを望んでいない。だから事件が公になることは金輪際ない。おれもあそこに倒れているふたりも、あんたたちの顔は見ていない。つまりあんたたちの正体は、今も分からないままだ。今ならまだ引き返せる。すぐにおれたちの縛めを解くんだ」

「これほど図に当たるとは思っていませんでしたよ」

牧村は取り出したハンカチで眼鏡を拭きながら、静かに言った。一転して落ち着き払ったような牧村の態度に、言い知れぬ不安を覚えた。牧村が上げた顔をこちらに向けた。

「織原の解職動議の件ですよ」

三日後の臨時取締役会で解職動議が通れば、純一郎はバイオソニックＣＥＯの座を追われる。それだけはなんとしても阻止しなければならない。

「臨時取締役会は開かれません」牧村が言った。

「中止になったのか？」

「中止になったわけではありません」牧村が身を乗り出した。「本当になにも気付いていないのですか？」

「なんのことだ？」

「あなたはもっと利口な人だと思っていましたが」嘲るように言った。

「だから、なんのことだときいているんだ？」

「臨時取締役会など、初めから存在しないのですよ」牧村が驚くべきことを言った。「河原崎が臨時取締役会を招集して織原解職の緊急動議を提出する。あれは、あなたをおびき出すために私が捏造した作り話です」

冷たい手で、心臓を鷲摑みにされたようだった。

「あの人のいい河原崎には、バイオソニックを乗っ取ろうなんて気はさらさらないと思いますよ」牧村が愉快そうに笑った。

ずっと遠近法の狂った絵画を見せられていたのに、そのことにまったく気付いていなかった。

「このままだと織原がCEOを解職される。そう言えば、いかな引きこもりのあなたと言えども、織原の窮地を救うために必ず外に出てくる。そう睨んだのですが、思った通りでした」

「ずいぶんとまた手の込んだことをしたもんだな?」

私は自分を叱咤して、声を振り絞った。だが自分のものとは思えないほど、かすれて弱弱しい声だった。

「むろん、最初はあなたが家にいるところを狙いましたとも。しかし敢えなく失敗しましてね」

「なんだと?」

自分の記憶を遡り、あることに思い当たって愕然とした。アポなしアポ電強盗、あれも牧村のしわざだったのか。

「もっとも、私が織原捜索を依頼する電話をしたとき、あなたは日中殺されそうになったことなどおくびにも出しませんでしたが」牧村は笑った。「あなたは豪胆なんだか小心なんだかつかみがたい、まるでうなぎのような人だ」

「豪胆な小心者だよ」私はうなぎではない。

「あの失敗で新たなプランが必要になりました。あなたは警戒してガードが固くなると思い、家の外におびき出さなければならなくなったのです。

結局そのあとは、トラックに轢かせようとしてだめ、植木鉢を落としてだめ、暴徒に襲わせてもだめ、車に細工してもだめ。やはりネットで雇った素人はいけません、結局最後まで仕事をやり抜けない」

牧村は残念そうに言って、横に立っていた顔の長い男を見た。

「この男とは腐れ縁でしてね」牧村は溜息を吐いた。「バイオソニックに転職するときに、もう銀行の総務部でやっていたようなややこしい仕事はしなくてもいい、そう思ったから一度は縁を切ったのですがね。

結局、こうして汚れ仕事のプロを雇わなくてはならなくなってしまった」

牧村は頭を左右にゆらゆら揺らした。

やまと銀行時代の牧村の最後の役職は、確か総務部の次長だったはずだ。各企業とも、総務部と言えばかつては総会屋対策の中心だった。

「そんな立派な知り合いがいるのなら、初めからその男に頼むべきだったな」私は歯を食いしばって強がりを言った。

「計算外だったことがもうひとつあります」

牧村が眉間に皺を寄せ、気に入らないという体で首を左右に振った。

「クロード・カカウです。たびたび意識を喪失するようなヤク中があああいう働きを見せるとは、正直思ってもいませんでした」

「カカウの依存症を知っていたのか?」愕然とした。

「むろんです」牧村はあっさりと言った。「あなたがアシスタントを要求したので、わざわざ機能しないポンコツをつけたのです。織原優子の身辺調査のときにもたびたび意識喪失を起こしていましたからね。あれは、探偵としてはまったく使い物になりません」

「カカウは日向美咲の住所をちゃんと突き止めてきたぞ」私はカカウの名誉のために言った。

「私が彼に教えてやったんですよ」牧村は、馬鹿にしたように笑った。「自分で突き止めたことにしておけ、と因果を含めてね。御覧なさい、今日だってこの肝心な時にあの男はどこかで眠りこけているわけでしょう?」

「今のことば、カカウが聞いたらさぞ喜ぶだろうよ」私は吐き棄てるように言った。

「カカウはルワンダ復興基金の件であんたに借りがある、と言っていたよ。あいつはあんたに返し切れないほどの恩義を感じているんだ」

裏切られたと知ったときのカカウの心中を思い、暗澹たる気分になった。

「あんたの狙いはなんだ？　どうしておれたち三人を監禁した？」

なんとか打開策を見つけようとして、言った。

「私の狙いは最初からあなたひとりです」牧村が言った。「気の毒ですが、あっちのふたりは成り行き上生じたコラテラルダメージに過ぎません」

「人の命をなんだと思っている？」私は言った。「あんたがこんなところまでのこのこ出張ってこなければ、あのふたりはあんたの正体を知らずに済んだはずじゃないか」

牧村は肩をすくめた。

「ここまで何度も失敗を繰り返しました。こうなると、自分の目で仕事の完了を確認しないことには安心して夜もおちおち眠れません。彼からあなたをつかまえたと聞いたので、だったら、と予定を変更して、わざわざ業務立会いに来たわけです」

素数を2、3、5と小さい方から数え上げ、怒りが爆発しそうになるのを必死で抑えた。

「我々には是非ともあなたから頂戴(ちょうだい)したいものがあるんですよ」

牧村が、椅子から身を乗り出して言った。

そのとき頭に浮かんだのは、UB40のことだった。

時系列を遡って思い出してみた。私がUB40のことを知ったのは、牧村から純一郎捜索を依頼する電話が掛かってきた日の午前中だった。

しかしアメリカでは、『ネゴレスト』はそこそこのニュースになっている。バイオソニックの

CFOならば、あの時点でUB40のライツ保有者が私だというところまで調べがついていたとしても、なんら不思議ではない。

「UB40の権利を奪おうとしても、無駄だぞ」牧村に言った。「共同でライツを管理している弁護士が決して黙っちゃいない」

「ユービー……なんですか、それは？」牧村が首を傾げた。

「とぼけても無駄だ」

「そうですか。ではそのユービーなんとかも一緒に頂きましょう」

「だからそれは無理だと、いま言っただろう」神経を逆撫でされ、思わず気色ばんだ。

「冗談ですよ」牧村はマスク越しに鼻で笑った。「知りもしないものを要求するなど、物理的に不可能です。我々が欲しいのは――」

ここで間を取ると、芝居がかった様子で言った。

「RNAの転写制御を利用した演算プログラム」

私の表情を見て、牧村が続けた。「おや、ずいぶん戸惑っておいでですね」

「おれと純一郎が学生時代に取った共有特許のことを言っているのか？」

まさかと思いながら、牧村に確かめた。

「その通り」牧村が言った。「尤も、織原の持ち分についてはずいぶん前に当社に譲渡済みですが」

次世代コンピューティングの主役の座には二〇〇〇年代に量子コンピュータがおさまり、いまや動かしがたい盤石の地位を築いている。ＤＮＡコンピュータなど、技術革新によって忘れ去られた単なるヴェイパーテクノロジーだ。

「あんなものを今更どうしようというんだ？」

「思い出の特許なのに申しわけないのですが、私としてはすっきりと売却してしまいたいのですよ」牧村は、眉根を下げて詫びるような顔を作った。

「売却だと？」私は言った。「あんなポンコツに買い手などつくわけがないだろう？」

「私もそう思うのですが、世の中には物好きがいるんです」牧村が愉快そうに言った。「リフラフが、突然あの特許を一億ドルで買い取りたいと言ってきましてね」

「一億ドル？」

私は呆気に取られた。

一億ドルということは、日本円にして百億円以上だ。インターネットに君臨し、量子コンピュータ開発の先頭を走っているリフラフが、どうしていまさらＤＮＡコンピュータなどに興味を持つのだ？

「私も当初は不思議でなりませんでした。そこで彼らに『どうしてそんなものを欲しがるのか？』と、ストレートにきいてみたんですよ。リフラフというのは、自信に満ちた企業なのですね。こちらが当惑するほど率直に答えてくれました。彼らの答えはこうです。

量子コンピュータの開発に、あの特許が必要不可欠だから」

一層わけが分からなくなった。

「彼らは昨年『量子超越』を実現しました」牧村は感心しきりという口調で続けた。「まだ実験室内の出来事で、実装はされていませんが」

どこかで聞いた覚えのある話だった。

そうだ、事故に遭う直前にFMラジオのパーソナリティがしゃべっていた。

「ゲート型の量子コンピュータが実用化されれば、従来の素因数分解型のRSA暗号などコンマ数秒で破られてしまうそうです。そこで彼らは、自分たちの作った量子コンピュータでも破ることのできない新たな暗号技術が必要になった。確かに暗号なしで量子コンピュータを実用化などしたら、世界に破壊と混乱がもたらされるだけでしょう。

織原とあなたの十五年前の特許には、その新しい暗号技術のキーとなる根幹技術が含まれているのだそうですよ」

リフラフは、量子コンピュータの未来を守るため、DNAコンピューティングを復活させようとしているのだ。

「彼らはその暗号技術を『DNAサイファ』と呼んでいるそうです」

「DNAサイファ……」

サイファとは、英語で「暗号」という意味だ。

ＤＮＡは、そもそもＡ（アデニン）、Ｇ（グアニン）、Ｃ（シトシン）、Ｔ（チミン）という四種類の塩基のうちの三つを組み合わせた「コドン暗号」で出来ている。

リフラフが着目したのは、恐らく次のポイントなのではないか。

ある生物のある特定個体から何番目かの染色体を取り出し、そこから特定のＤＮＡシークエンスを切り出す。

そのシークエンスを「錠」に、それと相補的なＲＮＡなりＤＮＡなりを「鍵」に指定すれば、原理的には素因数分解に依存しない新たな暗号――事実上、宇宙でただひとつの「ＤＮＡ暗号」が作り出せることになる。

自分で考案した特許のはずだが、その特許の中でこのようなことに言及した覚えはない。きっとリフラフのサイエンティストは、特許の保有者も知らない重要ななにかを発見したのに違いない。

意識を取り戻したらしい美咲が猿轡の下で声を張り上げ、両足をじたばたさせ始めた。美咲という女には、まったく汲めども尽きぬ魅力がある。

「あの特許を売却したいのなら」私は言った。「おれの許可を取って、リフラフにでもだれにでも売ればいいだけのことじゃないか？　どうして人殺しまでするんだ？」

私のみならず、純一郎や美咲の命までもが奪い去られようとしていた。

「こちらにも事情というものがあるのです」牧村が言った。「実は中国株のデリバティヴ取引で

大きな穴を開けてしまいましてね。大きいと言っても八〇億円程度のものですが。まさかアメリカと中国の関係がこれほどまでにこじれるとは、去年の今頃は予想だにしていなかったのです。

今のところ『基金』を利用して損失は実現させずにどうにか誤魔化しているのですが、十二月は決算月で、しかも一年ものデリバティヴ債権の限月に当たっています。このままだと我々は含み損八〇億が表面化して、会社は存続の危機、我々も粉飾決算による経営責任の追及は免れません」

ルワンダ復興基金の理事長はバイオソニックCFOの牧村が兼務している。だから基金の財務数字など、牧村には書類上いくらでも操作可能なのだろう。だが決算となると、バイオソニック本体だけでなくルワンダ復興基金の方にも監査の目が入る。両方を同時に確認されたら、基金かまたは本体のどちらかにはかならず取引の痕跡が見つかる。

牧村は、中国株であけた穴を私と純一郎の共有特許の売却収入で補填し、損失などなかったことにしようとしているのだ。

だが、そんなことは不可能だ。

「そんなこと、無理に決まっている」私は吐き棄てるように言った。「おれとバイオソニックの共有特許をリフラフに売却したら、その瞬間に巨額の資産売却益が認識される。当然ながらその収入は監査で捕捉される」

「あの特許はバイオソニックの貸借対照表には資産計上されていません。簿外取引ですから、当然ながら資産売却益としては認識されません」牧村が、さも楽しそうに言った。「あなたも自分で言ったじゃないですか、二束三文のゴミ特許だと」

ゴミとは言っていない。ポンコツと言ったのだ。

「特許を売却して現金化したら」牧村が続けた。「その現金をデリバティヴ取引の含み損にぶつけて精算し、ルワンダ復興基金の帳簿上はなにごともなかったかのようにしゅっと相殺するだけです。見かけ上、なにが起こったかなどだれにも分かりっこありません」

私は奥歯を噛み締めた。

牧村の悪事の計画は恐らくうまく行くだろう。リフラフからの入金をルワンダ復興基金で受けられるかどうかが問題だが、牧村は抜け目のない男だ。きっと牧村の古巣のやまと銀行あたりが、上手く処理する手筈になっているのに違いない。

「最後にあなたとお話しできて、私はたいへん満足です」牧村が言った。「私の独創的なアイディアがこのままだれにも知られずにただ闇に埋もれていくのかと思うと、残念で夜も眠れないほどだったのでね。

それに、あなたがなにも知らないまま死んでいくというのが心苦しくて、少し罪悪感を抱いていたんです。あなたにすべて話したら、なんだか気分がすっきりして、今はとても爽快な気分です」

牧村はそう言うと、顔の長い男に目で合図を送った。

顔の長い男が近寄ってくると、美咲が激しくじたばた暴れた。純一郎は目を開けていたが、すっかり観念したのかおとなしく転がされたままになっている。

「できれば事故に見せ掛けてもらいたいんだが」

椅子から立ち上がった牧村が、顔の長い男に、書類の両面コピーでも頼むような調子で言った。

「そいつは無理だな」

顔の長い男は顔を顰めた。皺だらけの目尻に更に皺が増えたように見えた。

「路上強盗にやられた体に見せるのが精いっぱいだ」

牧村はしばらく考えるような素振りを見せたが、やがてひょいと肩をすくめ、「ではそれで結構」と言った。

「ただし――」

牧村が右手の人差指を立てた。

「死体は必ずすぐに見つかるようにしてくれ。そこだけは絶対に譲れない」

牧村が、顔の長い男に対して戦慄すべき要望を出した。

「普通は死体が見つからないようにしてくれ、と頼まれるんだがな」顔の長い男は苦笑しながら言った。「後学のために教えてくれ。なんで死体が見つかるようにして欲しいんだ？」

「死体がないと……」

牧村が言いかけた。

「共有特許の速やかな継受が起こらないから」

私がそのあとを引き取った。

「ほう」

牧村が感心したような声を上げた。

それから私の前まで進んでそこでしゃがむと、床に座らされていた私と目線の高さを合わせた。

「よくご存じだ」

水上から聞いた話だ。

単独で保有している特許権の場合、特許権者が相続人なしで死んだら、その権利は単にこの世から消滅して終わりだ。私の持つ乳酸菌ＵＢ40の特許のケースがそれに当たる。

ところが、共有特許の持ち分保有者のひとりが死亡した場合、死んだ持ち分保有者に相続人がおらず特別縁故者もいなければ、その持ち分は消滅するのではなく残りの持ち分保有者に帰属する。単独特許の場合には消滅してなくなってしまうのと、この点が違うのだ。

「ＲＮＡの転写制御を利用した演算プログラム」の場合、残りの持ち分保有者はバイオソニック一者だから、私が死亡した場合、私の持ち分はバイオソニックに一元化されることになる。

問題は私が行方不明になってしまった場合だ。

相続は死亡により開始する。そう水上は言った。つまり「死体」がなければなにも始まらないのだ。

織原優子の財産分与のときと同様、裁判所が失踪人に対して失踪宣告を出さない限り、私の持ち分はバイオソニックに一本化されない。私の持ち分がバイオソニックへ帰属することにならなければ、牧村はその特許をリフラフに売却することもできない。

だから牧村には、どうしても私の「死体」が必要なのだ。思い出してみると、ここまで私に対して試みられた工作はすべて私の死体があとに残るものばかりだった。

顔の長い男が、どこに隠してあったのか、私の目の前で鞘から巨大なサバイバルナイフを抜いた。ナイフはギラギラとした禍々しい輝きを帯びていた。美咲が、猿轡の下から泣き叫ぶような声を上げげた。もしも美咲が牧村の一味だとしたら、女子アナなど廃業してすぐにでも女優に転身すべきであろう。

「そんなに大きなナイフでは、とても路上強盗のしわざには見えないと思うぞ」私は虚勢を張った。

「ぬ」

顔の長い男は手にしたナイフに視線を落とし、小さく溜息を吐いた。男は積み上がった鉄パイプのところまで戻り、茶色のダッフルバッグを探って別のなにかを取り出した。それから悠々とした足取りで、再び私の座らされていたところまで戻ってきた。

男の手には小型の切り出しナイフが握られていた。確かに路上強盗が手にしそうな武器ではある。男は私の助言に対し、意外なほど素直だった。私はにっこりと男に微笑み掛けた。

万事休す、である。

こんなことなら、もっと早くに遺言書を書いておくのだった。義妹のまりえになにも残してやれなかったのは返す返すも残念だ。ピノートは契約更新ができず、ＵＢ40ヨーグルトのマーケットは各社「利益なき繁忙」に見舞われるだろう。水上もせっかく育てたライツの利益機会を逸失することになる。たいへん申し訳なかった。

「悪く思わんでくれよ」

顔の長い男が、床に座らされていた私に顔を近づけてきた。その息は、マスク越しですら、けだもののような匂いがした。聞こえるか聞こえないかの声で小さく念仏を唱えながら、顔の長い男は私の口に再びギャグボールを噛ませた。

それを合図にしたように、どこからともなく聞き覚えのある曲のイントロが流れ始めた。ベースギターのファンキーで印象的なリフの上に、ウミネコの鳴き声のような効果音が重なり、やがてギターによるメロディが乗ってきた。倉庫の中は残響が乱反射して、いったいどこが音源なのか皆目見当が付かなかった。

そこにいた全員がきょろきょろと辺りを見回した。

「だれだ？」

顔の長い男が、どこへともなく大声で叫んだ。

突然私の目の前に黒い影が躍り出て、目の前に立っていた顔の長い男の上半身にドロップキックを食らわせた。顔の長い男は三メートルほど吹き飛ばされた。ドロップキックの男の赤いTシャツの胸には、「UCLA」という四文字のアルファベットが白抜きで大書されていた。いったい、どういうファッションセンスか。

「困ってるみたいだな」カカウが私を見て、真っ白な歯を見せて笑った。

「だれだ、てめえ?」

床に転倒させられた顔の長い男が、立ち上がりながら叫んだ。

カカウはすっと背を丸め、膝を軽く曲げて姿勢を低くした。その姿勢で顔の長い男と向かい合うと、相手の方がカカウよりも身長が高く、筋肉量でも上回っているように見えた。

顔の長い男は、私を殺すのに使おうとしていた巨大なサバイバルナイフを床から拾い上げ、再び鞘から抜き放った。ギラギラと禍々しい光を放つそのナイフは、古い映画でシルベスタ・スタローンが使っていたのと同じものに見えた。カカウは天空橋のときと同じように、両腕の付け根の肩甲骨の部分をくねくねと回し始めた。倉庫内には、相変わらず八代亜紀の『おんな港町』が流れ続けていた。

顔の長い男が、サバイバルナイフを振りかざして正面からカカウに襲い掛かった。カカウはバランスを保ったまま左に身を躱した。そして今度はその場所で、やはり両肩をくねくねさせながら左右にリズミカルにステップを踏み始めた。

天空橋のあと、どうにも気になって調べてみたら、カカウのこれは、「ウェイブ」という格闘術の一種らしかった。

顔の長い男はサバイバルナイフを捨て、私を殺すために用意した小さな切り出しナイフに武器を切り替えた。予想以上にカカウが素早く、大きなナイフで戦うことに不都合を感じたのかも知れない。

カカウが不敵な笑みを浮かべた。顔の長い男は、無言のままカカウに向かって切り出しナイフを何度も突き出し、カカウは腹を引いてその攻撃を回避した。それからは顔の長い男が切り出しナイフで攻撃し、それをカカウが右へ左へと躱すというターンの応酬がしばらく続いた。戦いは非常に静かで、息遣い以外、ふたりとも余計な音を立てなかった。ふたりとも最小限の動きで攻撃し、最小限の動きで躱した。

それがしばらく続いた後、顔の長い男が動きを止めた。それから肩で大きく息をしながら、邪魔だと思ったのかマスクを取り払った。分厚い大きな唇が現れた。

それを見たカカウは、右腕を前に伸ばして指先を揃えて上に向けて立てた。それから昔カンフー映画で見たブルース・リーのように、顔の長い男に向かって指先で二度おいでおいでというジェスチャをした。

顔の長い男はまんまとこの挑発に乗った。馬鹿にされたと思ったのか、顔の長い男はいきり立ち、噛み締めた唇にうっすらと血を滲ませながら、大声で「うおお」とも「ぐごお」ともつかぬ叫び声を上げながら、切り出しナイフを突き出してカカウに向かって一直線に突進した。これまで通り回避するのかと思いきや、カカウは逆に半身になって顔の長い男の懐に飛び込んだ。と、次の瞬間、どうした具合か、男の持っていた切り出しナイフはカカウの左肘の内側に挟まれていて、男の方は地面に倒れ伏していた。男はぴくりとも動かなくなった。

カカウは、伸びている男の上着やパンツのポケットを探って未使用の結束バンドを見つけた。それを使って手足を縛ると、顔の長い男をうつぶせに転がした。気絶している男の鼻の頭に、新しい擦り傷がついた。

牧村はいつの間にか姿を消していた。だがこうなっては、逮捕はもはや時間の問題でしかあるまい。美咲は猿轡を嚙まされたまま、なにか大声で叫ぼうとしていた。

顎の先で、カカウにデイパックを示した。

カカウはデイパックの中を探ってニッパーを取り出すと、美咲、純一郎の手足の結束バンドを切り、猿轡を外した。最後に私の元に来て、両手両足の結束バンドを切り、ギャグボールを外した。私は立ち上がって伸びをし、手首を擦った。カカウは、パン箱のような資材が積みあがっていた物陰へ行って自分のスマートフォンをピックアップし、エンドレスで流れていた八代亜紀を止めた。

「どうしておれたちの居場所が分かった?」

不思議に思って、カカウにきいた。昏睡状態だったカカウには、純一郎が撮ったこの場所の写真を送っていなかった。

「そっちこそ、どうしてせっかく渡したスタンガンを使わなかったんだ?」カカウが逆に質問し返してきた。

「彼女に貸したんだ」そう言って美咲の方を見た。「おれより彼女の方が必要だろうと思ってね」

私は突然背後から襲われた。だからたとえスタンガンを持っていたとしても、使うゆとりはなかっただろう。結局、美咲の方も使わずじまいだったようだ。

美咲は、大騒ぎはしていたものの、失禁まではしていなかった。私は安堵した。失禁などしていたら、そのあとの心のケアが大変になるところだった。ただ、疲れ果てたのか、縛めが解けたというのに床にへたり込んだままだった。

純一郎はその傍らにしゃがみ込み、美咲の背中をさすりながらなにか声を掛けてやっていた。

「実を言うと、あのスタンガンは持っているだけで充分だったんだ」カカウが奇妙なことを言った。

「どういう意味だ?」

「あれには追跡用のGPSチップが仕込んである」

「GPSチップ?　あんた、そんなこと言ってなかったじゃないか」

「おまえがおれを信用していなかったように、おれもおまえを信用していなかった。天空橋の一件で、おれは、お前も半グレ集団の仲間かも知れない、そういう疑いを抱いたんでね」カカウはそう言うと、歯を見せて笑った。

「お互いさまということか」

カカウは、秘かに私の行動を監視していたのだ。

「スタンガンの電圧強化を頼んだら」カカウは続けた。「改造屋がサービスだと言って、頼みもしないのにGPSチップを勝手にマウントしやがった。要らないと思っていたんだが、今回ばかりは役に立ったようだ」

改造屋の余計なお世話がなければ、私たちは三人とも死んでいるところだった。

「そのお蔭でこのあたりまではすぐに辿り着けた」カカウが言った。「うろうろしてたら、暗い中、この倉庫から急に光が漏れてきた。近寄ると、倉庫の前があんな風だ。こっそり中を覗くと、イデたちが見えた。扉が開いていたから、中に忍び込むのは簡単だったよ」

そう言って、カカウは唇の端を歪めた。

倉庫の前では、どろどろに溶解した鎖が地面で冷えて鋼鉄に戻っていたはずだ。あとはタイミングを見計らって、陽動作戦で八代亜紀を流したのだろう。

「牧村の話はどこまで聞いたんだ?」気になって、カカウにきいた。

「どうだろうな?」カカウは肩をすくめた。「たぶん全部かな。なにしろドアが開くとすぐ中に入ったからね」

カカウは牧村の裏切りを全部知ったのだ。その心中は、察するに余りあった。

「警察を呼ぼう」

たとえカカウがどんなに嫌がろうとも、今回ばかりは警察に通報しないわけにはいかない。

カカウは肩をすくめ、「ちょっと外でタバコを喫ってくる」と、言った。

「姿をくらますなよ」

カカウの背中に向かってそう釘を刺し、スマートフォンで110番に電話した。オペレータに場所を伝え、警官と救急車の手配を依頼した。

「大丈夫か？」しゃがみこんで、純一郎と美咲にきいた。

「そっちから見て、生きてるように見える？」

床にへたりこんでいた美咲が、私に軽口をきいた。

「見える」

「なら、きっと生きてるのね」

「そっちは？」純一郎にきいた。

「大丈夫だ」純一郎は、紙のように白い顔で穏やかに言った。

「牧村は」私は言った。「中国投資に失敗して大きな欠損が生じた、と言っていた。おまえ、気が付かなかったのか？」

「牧村さんは財務の最高責任者だ。自分の判断である程度までは自由に会社の金を動かせる」

一〇〇億円近い外国株を買い付けたというのに、ＣＥＯがそれに気付かなかったとは。

「会社の方は大丈夫か？」

「まあなんとかなるだろう」純一郎は、私から目を逸らして言った。

だがすでに純一郎の進退は決した、と言ってよかった。

ＣＦＯが背任行為により会社に巨額損失をもたらし、さらにそれを自社の財団法人への「飛ばし」を使って隠蔽した。それだけではない。なにより最大の刑事犯罪は、未遂に終わったとは言え、私たち三人を殺害しようとしたことだ。

ＣＦＯの背任行為を見逃した責任は、ＣＥＯである純一郎が取らねばならない。被害者のひとりではあるが、純一郎がこのままＣＥＯの椅子に座り続けられるとは思えなかった。

だが事件は無事に解決し、純一郎は九死に一生を得た。それだけで儲けものだと考えるべきだろう。

「ところで、天空橋の件なんだが」

ずっと頭の片隅に引っ掛かっていたことを、ようやく純一郎にきけた。

「天空橋？」純一郎は、怪訝そうに言った。

「それ、いま持ち出す話かな？」美咲は真っ青になって、私を睨みつけた。それから純一郎の方を向くと、「ほら、あれよ。天空橋の研究室」と言った。

「天空橋の実験室？　いったいなんの話だ？」

純一郎は、私と美咲の顔を交互に見た。胸中のもやもやが、一層深くなったように感じた。

「忘れたの？」美咲の表情がこわばった。

「純ちゃん、地図検索までして私に場所を教えてくれたじゃないの」

美咲が信じられないという顔で、純一郎に言い募った。

外に煙草を喫いに行っていたカカウが、私たちのところに戻ってきた。

「ジュンイチロー、殺されなくてよかったな」

状況を弁(わきま)えないカカウが、純一郎の背中をどんどんとどやし付け、いつものように歯を剝いて笑った。

確かに、殺されなくてよかった。

ずっとあったもやもやとした不定形の違和感が、頭の中で急速に形を持ち始めた。

「さっきおれが天空橋の話題を出したとき、それが実験室の話だと、どうしておまえは分かったんだ？」純一郎にきいた。

「美咲がそう言ったからだ」

純一郎は困惑したように答えた。

その隣では、美咲が憮然とした表情で押し黙っている。

「美咲さんは天空橋の研究室と言ったんだ。実験室とはひとことも言っていない」

美咲には実験室と研究室の区別が未だについていない。そのため実験室のことをずっと研究室、研究室と言い続けていた。

「だがそれを聞いたおまえは、天空橋の実験室と明確に言い替えた。美咲さんの言った研究室が実験室のことだとは、おまえに分かるはずがないんだ。自ら美咲さんに、『天空橋に実験室を作った』と言ったのでない限りはな」

「ほら、だから言ったでしょ？」

状況が分かっていないのか、美咲が勝ち誇ったように言った。思い出してみると、ほかにも妙なところがあった。私はごくりと唾を飲んだ。

「今朝電話で話をしたとき、おまえはおれに、『カカウと一緒に助けに来てくれ』と言った」

「どうだったかな」

純一郎は目を逸らし、興味がなさそうにパンツのほこりを手で払った。

「だが、考えてみればおかしな話だ。なぜならおれがカカウと知り合ったのは、おまえが拉致されたあとのことだからだ。

おれとカカウが知り合いである、ましてや協力しておまえを捜索していることなど、おまえが知っているはずはないんだ」

状況を察したのか、美咲の顔色が変わった。

「おまえが今朝の電話でカカウの名を挙げられた理由は、ひとつしかない」

私は大きく息を吸い込んだ。

「牧村と、連絡を取り合っていたからだ」

純一郎の顔から完全に表情が消えた。美咲は右手で口元を覆った。カカウは、純一郎に負けないぐらい無表情になった。

「牧村は、おれと話している最中に、何度か『我々』ということばを使った。最初のうちは、あそこに伸びている顔の長い男のことだと思っていたのだが、話を聞いているうちに、どうもそうではなさそうだと気が付いた。牧村は、無意識に『我々』ということばを使ってしまったのだろう。おれは、牧村には共犯者がいるのではないか、と疑った。

デリバティヴ取引で会社の財務に八〇億もの大穴を空けるなど、いくらCFOでも牧村ひとりでできることじゃない。純一郎、おまえも知っていて、その取引にゴーサインを出したんだ」

「純ちゃん、あなた……」美咲がかすれた声で言った。

「おまえが共犯だとすると、いろんなことに気持ち良く説明がつく。美咲のマンションでの植木鉢や、カカウのポルシェへの細工。あんなことは、自由にマンションに出入りできる人間にしかできない。その点おまえは、あのマンションに部屋を持っているオーナーだ。部屋の持ち主であるおまえの指紋は当然登録されているはずだ。植木鉢も車の細工も、おまえ自身がマンションに身を潜めて自ら実行したことだ。

今朝、守衛室に確認したら、昨日の地下駐車場の防犯カメラ映像はまだ残っているそうだ」

「いつの間に？」美咲がぼそりと言った。

「512号室からの依頼なら」私は美咲に言った。「たとえ相手が男の声でも、守衛室は無条件に言うことをきいてくれるみたいだな」

なにしろ美咲は、今までになく強い立場にあるのだ。

純一郎は相変わらず無言で、真っ白な表情のない顔をしていた。

「おれたちが」私は続けた。「河原崎さんと直接会って対決すると決めた翌朝、おまえから突然電話が掛かってきた。しかも、見張りがスマートフォンを置き忘れたというじゃないか。そんな幸運があるだろうか？　そのときは、河原崎一派が、わざとお前にスマートフォンを使わせたのかも知れないと、おれはそっちの罠を疑った。まさかおまえが共犯だとは夢にも思わなかったからな。

おれたちが河原崎さんと直接会って話せば、乗っ取りの計画どころか、臨時取締役会すら予定されていないことがすぐにバレてしまう。そこでおまえと牧村は慌ててプランを練り直し、おまえ自身が直接おれをおびき出すことにしたんだ。

いま思えば、朝の電話のとき、美咲さんと一緒にいたおれをおまえが声だけで判別できたことにもっと強い違和感を抱くべきだった。

おまえにとって、私と美咲さんが朝の七時に一緒に部屋にいる筋の通った理由など、あの時点ではなにひとつなかった。おまえは、おれとカカウと美咲さんが三人一緒だということを、牧村から聞かされて知っていたんだ」

「最初から」美咲の声がわなわなと震えた。

「最初から、わたしまで殺すつもりだったの？」

純一郎はふっと息を吐いて、苦笑いを浮かべた。

「美咲までここに来ることは、計算外だったよ」

私には、純一郎のその言葉を素直に信じることができなくなっていた。

不意に、妻の通夜の席での純一郎の姿を思い出した。あのとき純一郎は目を真っ赤に泣き腫らし、妻と娘を一度に失った私に、深い同情と慰めのことばを掛けてくれた。

私は頭を数回強く左右に振った。

「おれには分からない」純一郎に言った。「どうしてこんなことをした？」

友達だろう、という情けないことばが、危うく漏れるところだった。

「あのとき僕の誘いを断ったおまえには、僕の苦悩など一生分からないよ」

純一郎が、急に十歳も老けたように見えた。

妻のお腹に娘がいた私には、大学院を中退してバイオソニックの起業に参画するなどという決断は、金輪際ありえないものだった。

同じ状況でバイオソニックの起業を選ぶという者はいるかも知れない。だがそれは私ではないのだ。私はたとえ何度同じ局面に立たされても、そのたびにあのときと同じ決断をするだろう。

だが、起業に加わることを私が拒絶したあの日以来、純一郎は密かに私を恨み続けていたのかも知れない。

遠くからサイレンの音が聞こえてきた。

意外なことに、美咲が床にうずくまってさめざめと泣き始め、それを見ていたら肋骨がまたしくしくと痛み出した。

肘は大丈夫だと思うが、肋骨はやはり折れているかも知れない。

エピローグ　アニマルハウスの住人たち

バイオソニックのスキャンダルは、翌日のマスメディア、インターネットで最大のニュースとなり、そのあと二週間ほどの間、ワイドショーはこの話題で持ち切りとなった。

純一郎と牧村は拉致と殺人未遂の容疑で緊急逮捕され、東京拘置所に勾留された。特別背任などの経済犯罪の立件については、それらの証拠調べが済んだあとになった。

ワイドショーには、さまざまな専門家を気取る人物たちが登場した。ＣＦＯとＣＥＯの犯した犯罪ということで、経営と財務の専門家（と言っても、かつて某社のＣＥＯだったという、あまりぱっとしない人物）。それに最新の量子コンピュータやＡＩに詳しい専門家（この人の話は勉強になった）。また当然のごとく分子生物学の専門家（恐ろしいことに、私と純一郎の大学時代の恩師）。

中でも最も厳しく純一郎を断罪したのは、この私と純一郎の大学時代の恩師で、「学生時代から彼を知っているが、いつかこういうことをしでかすと思っていた」と言い切った。

バイオソニックは上場廃止となり、現在、河原崎誠一暫定ＣＥＯが中心となってＭＢＯ（経営陣買収）を計画している。私の持っていたバイオ株も元の二束三文に逆戻りした。

カカウは、私と美咲から説得され、薬物依存症を治療するためのリハビリ施設に入ることになった。日本ではなかなか環境が整わないため、アメリカの施設を選んだ。半年ほどかかる予定で、費用は私の貸しで賄うことになった。カカウには世話になった。カカウには言っていないが、金を返してもらおうとは思っていない。

日向美咲は、思った通りたくましい。純一郎と恋愛関係にあったことをカミングアウトし、この事件の中心部にいたという強みを生かして、まじめな報道番組からワイドショーまで、ありとあらゆるバイオソニックのスキャンダル番組に出演し、姿を見ない日はないほどになった。先日会って話したら、「いずれはアンカーマンに」という野望を持つに至っていた。あまり調子に乗るな、と言っておいた。

実は、日向美咲と同じぐらいテレビで見るようになった知り合いがもう一人いる。弁護士の水上だ。もともと知財の専門家であり、かつ今回の事件のコアをなす「ＲＮＡの転写制御を利用した演算プログラム」についても、私から内容を吸い上げて知悉（ちしつ）していた。私しか知らない内容を立て板に水で話すことができるため、どの番組でもまわりから一目置かれた。今もなにか知財がらみのトピックがあると、テレビに引っ張り出されている。

織原優子は――気の毒としか言いようがない。離婚合意書へのサインを待っているうちに、純一郎が重罪犯として逮捕されてしまった。しばらくの間は、逮捕された青年実業家の妻、という立場で取材を受けざるを得ないだろう。事件から四か月が経つが、早くほとぼりが冷め、純一郎との離婚が成立して芸能界に復帰できることを願っている。

最後に、私の近況だ。

相変わらずコロナ禍が続いており、政府により二回目の緊急事態宣言が発出された。義妹のまりえの住む東北地方の某市でも、ついに複数のコロナ感染者が発生したという。残念ながら妻と娘の三回忌は延期ということになった。死者をどれほど愛していたとしても、生きている人間の方が大切である。

まりえからは、相変わらず三日に一度の割合で電話が来るし、三か月に一度の割合で果物が送られてくる。ありがたい限りである。まりえには言っていないが、遺言書を作成し、遺産の半分は「ルワンダ復興基金」に、残りの半分はまりえに相続してもらうことにした。

リフラフが一億ドルで買収したいと言ってきた「RNAの転写制御を利用した演算プログラム」という特許については、バイオソニックの河原崎誠一暫定CEOと協議し、リフラフに権利を売却することにした。もちろん売却収入はバイオソニックと私とで折半だ。

私はうなるほどの金を手に入れることになり、引きこもりを一層こじらせそうだ。金があっても、車は運転できないし、住むところにも満足しているから、たいした使い途がない。

まずはプライベートラボのステイタスを高くして、BSL3にしようと考えている。これで一流バイオハッカーの仲間入りだ。それとEMSマシン（低周波筋肉増強機）を買う。腹がだぶついてきたのにはどうにも我慢がならない。

『ネゴレスト』とUB40のその後だが、コロナ禍が退潮のきざしを見せないため、今年に入っても相変わらず猛烈な勢いで売れ続けている。販売国と地域も、十一か国と一地域に拡大した。日本でも、二〇二〇年十二月十一日に、ゲノム編集によりGABA5倍になったトマトが国に届け出されて受理された。つまり、遂に日本でのゲノム編集食品の販売が現実のものとなったのである。

ということは、『ネゴレスト』とUB40が日本で販売される日もそう遠くはないということだ。ピノートは、可及的に速やかに日本政府と厚労省にロビーイングを開始する、と言ってきた。

私が見つけた「火星の地下の湖」は、どうやら私一人が生きるには充分過ぎるほど大きなサイズを持っていたようだ。

謝辞

作品を仕上げるにあたり、小林康恵弁護士、田中克洋弁護士には、知財そのほかの法律に関する相談に乗っていただきました。また、公認会計士出口桂太郎さんには、企業の財務や会計に関する相談に乗っていただきました。ここに深く感謝の意を表します。

なお科学的知識、あるいは法律や会計の取り扱いに誤りがあるとすれば、それはひとえに作者の非に帰するものであり、前記の方々には何ら非はないことを申し添えます。

本書は書き下ろしです。

この物語はフィクションです。作中に同一の名称があった場合でも、実在する人物・団体等とは一切関係ありません。

那藤功一（なとう　こういち）
1963年、青森県生まれ。青森県在住。東京大学経済学部卒業。菅谷淳夫と組んだユニット「くろきすがや」名義で、第16回『このミステリーがすごい！』大賞・優秀賞を受賞し、『感染領域』(宝島社)にて2018年デビュー。他の著書に『ラストスタンド　感染領域』（くろきすがや名義、宝島社）がある。本作は初の単著となる。

『このミステリーがすごい！』大賞　https://konomys.jp

バイオハッカーQの追跡（ついせき）
2021年9月17日　第1刷発行

著　者：那藤功一
発行人：蓮見清一
発行所：株式会社宝島社
〒102-8388 東京都千代田区一番町25番地
電話：営業　03(3234)4621／編集　03(3239)0599
https://tkj.jp
組版：株式会社明昌堂
印刷・製本：中央精版印刷株式会社

ISBN 978-4-299-02019-2

『このミステリーがすごい!』大賞 シリーズ

宝島社文庫

《第16回 優秀賞》

感染領域

九州でトマトが枯死する病気が流行し、やがて全国へと拡大していった。感染の謎に迫ろうとする植物病理学者・安藤仁は、農林水産省に請われ現地調査を開始。そんななか、腐らない新種のトマトを研究していた旧友が変死し……。トマトの奇病からはじまる、弩級のバイオサスペンス!

くろきすがや

定価 715円(税込)